Les Cinq sont les plus forts

Les Cinq sont les plus forts

Une nouvelle aventure des personnages créés par Enid Blyton racontée par Claude Voilier.

Illustrations
Frédéric Rébéna

hachette
JEUNESSE

Claude

11 ans.
Leur cousine. Avec son fidèle chien Dagobert, elle est de toutes les aventures.
En vrai garçon manqué, elle est imbattable dans tous les sports et elle ne pleure jamais… ou presque !

François

12 ans
L'aîné des enfants, le plus raisonnable aussi.
Grâce à son redoutable sens de l'orientation, il peut explorer n'importe quel souterrain sans jamais se perdre !

Mick

11 ans comme Claude.
C'est un casse-cou (un gourmand aussi !) qui n'hésite jamais avant de se lancer dans les plus périlleuses aventures...

Annie

10 ans
La plus jeune, un peu gaffeuse, un peu froussarde !
Mais elle finit toujours par participer aux enquêtes, même quand il faut affronter de dangereux malfaiteurs...

Dagobert

Sans lui, le Club des Cinq ne serait rien !
C'est un compagnon hors pair, qui peut monter la garde et effrayer les bandits.
Mais surtout c'est le plus attachant des chiens...

Une nouvelle aventure des personnages créés par Enid Blyton
racontée par Claude Voilier.

Illustrations : Frédéric Rébéna.

Le texte de la présente édition a été revu par l'éditeur.

Hachette Livre, 43, quai de Grenelle 75015 Paris

Chapitre 1

Cap sur Kernach

— Mick ! Par ici ! Annie ! Dépêche-toi ! J'aperçois des sièges libres ! François ! Monte le premier et attrape les bagages !

Sur le quai de la gare, Claude Dorsel et ses cousins, François, Mick et Annie Gauthier, s'apprêtent à prendre le train. François, l'aîné, se met à rire.

— C'est bon ! répond-il à sa cousine. À vos ordres, mon général !

Et il fait un salut militaire comique avant de hisser les sacs de la petite troupe.

Comme toujours, Claude piaffe d'impatience. On dirait un garçon, avec ses cheveux bruns coupés court et l'expression décidée de son

visage. Elle a onze ans, c'est-à-dire un de moins que François. Mick a le même âge qu'elle. Mais Claude est plus vive que lui, plus extravertie aussi que sa cousine, Annie, la benjamine de la bande, âgée de dix ans.

Les voyageurs grimpent dans la voiture. Les garçons entreprennent d'installer les sacs sur le porte-bagages au-dessus des places repérées par Claude.

— Ouf ! fait celle-ci en se laissant tomber sur le siège. Le train va démarrer dans un instant. Quelle chance de nous retrouver tous les quatre pour ces vacances !

— Quelle chance surtout, fait remarquer François, que tes parents acceptent de nous accueillir tout l'été !

— J'adore aller chez toi à Kernach, soupire Annie d'un air ravi. Votre villa des *Mouettes* est tellement belle !

— Moi, ajoute Mick, j'apprécie surtout la proximité de la mer. Impossible de s'ennuyer.

Claude bondit sur ses pieds et se penche à la portière.

— Ça y est ! On part ! Dans moins de deux heures, on sera arrivés. Je suis si impatiente de revoir Dago ! Il m'a vraiment manqué pendant ce trimestre !

Ses cousins éclatent de rire.

— Sans ton cher Dagobert, tu te sens perdue, non ? plaisante Mick.

— C'est un peu vrai ! avoue Claude avec bonne humeur. Mon chien fait partie de moi !

— Il fait partie de nous aussi, ajoute Mick, puisque sans lui on ne pourrait plus s'appeler « Le Club des Cinq » ! Et puis, Dag est aussi débrouillard que nous tous !

— Il nous a souvent aidés à éclaircir des mystères passionnants, rappelle François. Moi aussi, il me manque !

Le train prend de la vitesse. Au bout d'une demi-heure, Claude, qui ne tient pas en place, écrase les orteils de ses cousins en passant devant eux et décoiffe Annie d'un coup de coude involontaire.

— Calme-toi un peu ! conseille François. On dirait une pile électrique !

Claude se rassoit. Fronçant les sourcils, elle enfonce les poings dans ses poches.

— Et voilà notre petite Claudine qui boude ! chantonne Mick, taquin.

Claudine est le vrai nom de Claude. Mais elle a horreur d'être appelée comme cela. Elle se lève d'un bond, la main haute, prête à donner une bonne tape à son cousin. Celui-ci fait mine d'esquiver le coup en riant. François grommelle :

— Vous n'allez pas commencer à vous chamailler, quand même !

Après un moment, Claude regagne son coin, près de la portière, et enfonce de nouveau les mains dans ses poches. Soudain, sous ses doigts, elle sent un papier. C'est une enveloppe.

— Oh ! murmure-t-elle en la sortant. J'avais oublié cette lettre. Elle est arrivée hier, mais j'étais tellement occupée par mes préparatifs de départ que j'ai oublié de la lire. C'est maman qui m'écrit... sans doute, comme chaque fois, pour nous rappeler de ne pas rater notre train...

— Le conseil vient trop tard ! constate Annie en riant. Mais lis quand même ta lettre, Claude !

Sa cousine déplie la feuille contenue dans l'enveloppe, la parcourt et s'exclame :

— Ça alors ! Quelle histoire ! Vous ne devinerez jamais…

Claude, les yeux fixés sur son auditoire attentif, lâche sa nouvelle :

— Papa et maman ne peuvent pas nous recevoir aux *Mouettes* cet été !

Une triple exclamation de stupéfaction lui répond :

— Quoi ! Ce n'est pas possible !... On est déjà en route !... Qu'est-ce qu'on va faire ?

Claude explique :

— Il y a eu un terrible orage à Kernach samedi dernier. Une partie du toit des *Mouettes* s'est envolée, la cheminée a été démolie. Bref, les ouvriers ont envahi la maison, et il n'y a plus de place pour nous. Mes parents occupent les pièces encore habitables. On sera obligés d'aller ailleurs.

— Mais où ? commence François.

Claude ne lui répond pas. Courant à la portière, elle se colle à la vitre pour voir au-dehors.

— Kernach ! C'est Kernach ! On est arrivés à la gare... Et j'aperçois maman... Oh ! Elle n'a pas amené Dago !

Le train s'arrête. Laissant ses cousins se débrouiller avec les bagages, Claude se dépêche de bondir sur le quai. Elle saute au cou de sa mère, l'embrasse avec fougue.

— Oh ! maman ! Je suis si contente de te retrouver ! Comment va papa ? Il n'est pas venu ? Tu l'as laissé dans sa niche ?

Elle mélange « papa » et Dago tellement son excitation est grande ! Mme Dorsel se met à rire.

— Du calme, ma chérie ! Tu vas m'étouffer. Ton père va bien... mais il est toujours plongé dans ses papiers, bien sûr ! Quant à Dago, je préfère que vos retrouvailles n'aient pas lieu en public. En général, elles sont trop spectaculaires à mon goût !

François, Mick et Annie, traînant les bagages, entourent leur tante.

— Bonjour, tante Cécile !

— Bonjour, les enfants !... Mais quelle tête vous faites ! Que se passe-t-il ?

— Il paraît que tu ne peux pas nous loger aux *Mouettes* cet été, répond François. Alors, on est inquiets.

— Rassurez-vous ! Vos vacances ne seront tout de même pas gâchées. La voiture nous attend. Je vous expliquerai en route !

La petite troupe sort de la gare. Les jeunes voyageurs s'entassent dans la voiture. Mme Dorsel prend le volant.

— Puisque la villa ne peut pas vous accueillir cette année, indique-t-elle en démarrant, je vous propose d'aller camper sur l'île de Kernach, dont Claude est propriétaire comme vous le savez. Cet été, vous vous y installerez avec vos tentes et vous pourrez jouer aux Robinsons !

Les enfants poussent des cris de joie.

— On va s'organiser.

— Je vous fais confiance. En cas de besoin, nous sommes à deux pas de vous. Il n'y a donc rien à craindre.

— On a mon bateau, nos vélos, dit Claude. On pourra se ravitailler au village.

— Vous vivrez en pleine nature, c'est très sain. Ah ! Voici les *Mouettes* ! Terminus provisoire ! Tout le monde descend !

Sur le toit de la villa, on aperçoit des ouvriers au travail. M. Dorsel s'avance dans l'allée pour accueillir les arrivants. Soudain, une énorme masse velue, jaune et souple, s'élance comme une flèche en direction de Claude. Une langue chaude et épaisse la barbouille en un clin d'œil.

— Dagobert ! Mon Dag ! Quel bonheur de te retrouver. Je parie que je t'ai manqué !

— Ouah ! répond le gros chien en remuant la queue.

Puis il fait la fête aux autres enfants avant de les escorter, la queue en trompette, jusqu'à la maison.

Tout au début de l'après-midi, après un copieux déjeuner qui leur donne des forces, les futurs Robinsons entreprennent de transporter leur matériel de camping sur l'île de Kernach. Bien entendu, ils emmènent Dago avec eux ! Sans lui, le Club des Cinq serait incomplet. M. et Mme Dorsel se réjouissent de savoir Claude et ses cousins accompagnés de ce gardien à quatre pattes. La région, bien sûr, est tranquille. Mais on ne sait jamais…

Les Cinq s'entassent dans le solide canot de Claude. Dago est chargé de surveiller les sacs de provisions. François et Mick empoignent les rames. Claude prend la barre. Annie se contente d'admirer la mer et le vol des mouettes qui sillonnent le ciel en poussant de longs cris.

L'île de Kernach s'étend, à quelques centaines de mètres du rivage, juste en face de la maison des Dorsel. Dans le petit hangar à bateaux, situé au fond du jardin, les enfants laissent leurs vélos, aux pneus soigneusement gonflés, prêts à servir. Les vacances s'annoncent encore mieux qu'ils ne l'avaient prévu !

Bientôt, les Cinq accostent. Pour commencer, ils font le tour de l'île afin de renouer connaissance avec les lieux. L'endroit est, d'ailleurs, passionnant à visiter. Des lapins courent dans l'herbe, des choucas tournoient autour du château en ruine qui se dresse au centre de l'îlot.

— Tu en as de la chance de posséder une île pareille..., soupire Annie.

— Oui, reconnaît Claude. Mes parents ont été très gentils de m'en faire cadeau !

Les enfants passent l'arche gigantesque qui sert d'entrée au château, traversent la cour d'honneur aux dalles disjointes, pour aboutir enfin dans la grande salle du rez-de-chaussée.

— La toiture est encore bonne, de même que les murs, explique Claude. En cas de mauvais temps, on pourra se réfugier ici !

— Je préfère coucher dehors, sous la tente, avoue Annie. Avec ses tours où le vent s'engouffre, ce château me fait un peu peur la nuit.

— Froussarde ! lance Mick à sa sœur. Je trouve cet endroit charmant, moi. Un jour, il faudra partir à la découverte des oubliettes. Qu'est-ce que tu en penses, Claude ?

— Je ne dis pas non ! En attendant, il faut dresser notre camp. Au travail, tout le monde !

Les quatre cousins ne mettent pas longtemps à s'organiser. Les provisions sont rangées dans un coin du château et les deux tentes montées dans la cour d'honneur, à l'abri d'un mur qui les protégera des intempéries.

Les Cinq passent une nuit excellente. Les enfants rêvent d'aventures… et Dago de lapins qui se laissent attraper tout seuls !

Chapitre 2

Une dangereuse partie de cache-cache

Cette première journée sur l'île est occupée par des jeux en plein air et d'agréables promenades. Il fait beau. Le soleil brille dans le ciel sans nuages, et la mer est si bleue que les Cinq se baignent plusieurs fois.

Le lendemain, au début de l'après-midi, les enfants font la traversée pour prendre leurs vélos à la *Villa des Mouettes* et aller s'approvisionner en fruits au marché de Kernach. Jamais la vie ne leur a paru si douce !

Au retour de cette expédition, Claude, incapable de se tenir tranquille longtemps, propose une partie de cache-cache d'un genre nouveau.

— C'est moi seule qui me cacherai, explique-t-elle à ses cousins, et vous vous mettrez tous les trois à ma recherche. Je parie que vous ne me trouverez pas ! Seulement, tenez Dago attaché. Sinon, avec son flair, il vous conduira droit à moi. Allez, je file ! Fermez les yeux, comptez jusqu'à cent cinquante et... devinez où je suis !

Là-dessus, elle part en courant, heureuse à l'idée de jouer un bon tour à ses cousins. Elle a en effet découvert, le matin même, une excellente cachette. Elle est certaine que personne ne pourra l'y dénicher.

Toujours courant, elle parvient à une falaise qui domine la mer, derrière le château. Claude, en véritable casse-cou, commence à descendre le mur rocheux. S'agrippant des pieds et des mains, insensible au vertige, elle arrive à mi-hauteur de la paroi et se blottit dans un renfoncement du roc. Là, elle est parfaitement invisible. Personne ne pourra l'apercevoir, ni d'en bas ni d'en haut. Au bout d'un moment, elle entend François qui la cherche.

— Je parie qu'elle est de ce côté ! dit-il.

— Impossible ! répond Mick. Par ici, le terrain est tout plat. À moins de se glisser dans un terrier de lapin...

Les voix de ses cousins diminuent. Claude devine qu'ils s'éloignent pour continuer ailleurs

leurs recherches. Elle se met à rire tout bas. Devant elle, la mer miroite. Soudain, elle aperçoit une petite tache noire qui s'avance dans sa direction.

« Tiens ! Une barque ! Qui peut bien venir ici ? »

L'embarcation se rapproche. Deux hommes se trouvent à bord. Claude ne distingue que de dos celui qui tient les rames. Il semble maigre, avec une touffe de cheveux roux. L'autre, qu'elle voit de face, est au contraire plutôt trapu, avec une tête carrée, énorme.

Bientôt, la barque accoste. Sa coque racle la petite plage en contrebas.

« Zut ! songe Claude. Qu'est-ce qu'ils viennent faire chez moi ? Dans le coin, tout le monde sait que l'île est une propriété privée ! »

D'où elle est, elle ne peut plus apercevoir les nouveaux venus. Mais elle comprend qu'ils mettent pied à terre.

Presque aussitôt, le bruit de leurs voix monte jusqu'à elle.

— Bravo, Léon ! Tu as bien choisi l'endroit. Ici, au moins, on n'a pas à craindre d'oreilles indiscrètes. On peut discuter tranquillement.

— Oui. L'île est inhabitée. Il paraît que ses propriétaires n'y viennent presque jamais !

affirme l'autre voix. C'est un endroit idéal pour parler librement de nos petites affaires !

Claude est sur le point de révéler sa présence. Mais ce qu'elle entend soudain coupe net son élan et la laisse au contraire attentive... et très inquiète.

— C'est sûr, réplique la première voix, quand on prépare un mauvais coup, mieux vaut être prudent !

— Un mauvais coup ! Ça dépend de quel côté on se place, m'sieur Herman ! s'écrie avec ironie la voix de Léon. Pour notre victime, ça sera un mauvais coup, en effet ! Mais pour nous, ce sera au contraire un coup excellent. Ha, ha, ha !

— Restons sérieux ! conseille Herman. Bon ou mauvais, en tout cas, ce sera un « gros » coup... Parlons un peu des détails. Après tout, on est début juillet et l'affaire doit se passer le 30, très exactement.

— Oui ! Et si on ne veut pas faire de faux pas, il faut tout prévoir. Notre réussite dépend d'un plan minutieux.

Dans sa cachette, Claude se tient immobile. Tous ses sens sont en alerte. Elle comprend que les deux hommes, au-dessous d'elle, méditent un sinistre projet. Si le vent continue à souffler dans la bonne direction, c'est-à-dire vers elle, et si les deux inconnus ne changent pas de place, alors, elle pourra entendre les détails du complot.

« Pourvu que François et les autres ne décident pas de revenir me chercher par ici ! songe-t-elle. Les hommes les entendraient et fileraient aussitôt. »

Elle tend l'oreille. Sans méfiance, Herman et Léon discutent encore sur la plage.

— Je ne pense pas que ce soit très risqué, dit la voix rauque d'Herman. Du moins si les renseignements que tu m'as fournis sont exacts...

— J'ai tout vérifié moi-même, m'sieur Herman. Soyez tranquille ! La maison est à l'écart, sur une portion peu fréquentée de la côte. Même en pleine saison, il n'y a pas à craindre les rôdeurs, vous pouvez me croire. Dans cette région, il n'y a jamais grand monde !

— Ce qui m'ennuie, Léon, c'est d'être forcé d'attendre la fin du mois pour agir.

— On ne peut pas faire autrement, m'sieur Herman. C'est seulement le 30 juillet que Marcel sera en mesure de nous aider. Grâce à lui, tout se passera en douceur, avec le minimum de risques !

— Évidemment, Marcel sera d'une grande utilité, opine Herman. On est donc obligés de patienter.

Pendant ce temps, François, Mick et Annie cherchent toujours Claude de l'autre côté de l'île.

— C'est incroyable ! déclare Mick. Voilà plus de vingt minutes qu'on fouille partout, et toujours aucune trace d'elle !

— À mon avis, avance Annie d'une voix craintive, elle a trouvé l'entrée des oubliettes du château et s'est cachée dans un souterrain. Ce n'est certainement pas moi qui irai l'y dénicher.

— Les oubliettes ? Je ne pense pas ! conteste François en secouant la tête. Je crois plutôt qu'elle se cache hors du château, du côté opposé au nôtre. Quand elle est partie en courant, il me semble bien qu'elle s'est éloignée dans cette direction !

— Pense ce que tu veux ! s'écrie Mick. Moi je continue à ratisser le coin où on est. Tu veux bien m'aider, Annie ?

— Bien sûr.

— Bon ! Je fais équipe avec vous pendant encore dix minutes, décide François. Mais après, je retournerai fouiner du côté de la falaise !

Les trois enfants reprennent donc leurs recherches.

Pendant ce temps, que devient Dagobert ? Solidement attaché à un piquet, à côté de la tente de Claude, le chien pointe son museau vers la mer. L'intelligent animal sait bien, lui, où se trouve sa petite maîtresse ! S'il était libre, il la rejoindrait en trois bonds.

Soudain, il pousse un faible gémissement. Sa truffe noire frémit. Une angoisse sourde l'habite. Il lui semble que Claude est en danger !

Claude, effectivement, est maintenant dans une situation difficile. Elle se rend compte qu'elle en sait déjà trop long sur les bandits. Si par malheur ceux-ci la découvrent, ils lui réserveront sans doute un bien mauvais sort.

« Bien sûr, ils ne peuvent pas m'apercevoir là où je suis, se dit-elle pour se donner du courage, mais ma cachette est si petite que je commence à m'engourdir. Si je m'étire, je risque de faire rouler une pierre. Et s'ils m'entendent... »

Avec mille précautions, elle raidit ses muscles sans arrêter de tendre l'oreille. Mais le vent a tourné, et la conversation des bandits lui parvient moins distinctement.

— Du moment que la dame du château vit seule, dit Léon, on n'aura pas de problème.

— Cette vieille folle, répond Herman. Ce sera bien fait pour elle. Quelle idée de garder chez soi un coffre plein de pierres précieuses !

— ... Bijoux splendides... magnifiques émeraudes...

— Il s'agit d'un héritage de famille, je crois ?

— Oui... reine Victoria d'Angleterre... offert ces émeraudes à un noble français pour services rendus... ancêtre de la dame du château...

— ... Imprudente et stupide... conserver un tel trésor chez elle !... Tellement persuadée aussi que le coin est sûr...

Le vent tourne encore un peu plus. Son souffle emporte la voix des bandits. Mais Claude n'a pas besoin d'en entendre plus pour être fixée. Elle a appris l'essentiel du complot, à l'exception cependant du nom de la future victime d'Herman et de Léon. Un long moment encore elle se force à rester immobile.

Enfin, en dessous d'elle, les hommes se lèvent. Claude tend le cou et voit les deux bandits pousser leur embarcation à l'eau.

Le vent tourne une nouvelle fois, juste au bon moment.

— Rame droit vers la côte ! ordonne le plus robuste des deux.

— D'accord, m'sieur Herman ! répond le rouquin.

« Alors, songe Claude, le maigre aux cheveux roux, c'est Léon ! Et l'autre, celui qui semble commander, c'est Herman ! »

Elle cherche désespérément à apercevoir la figure de Léon, mais le crépuscule tombe déjà et elle n'entrevoit rien de plus que la surface pâle de sa peau...

Chapitre 3

L'aventure commence

La barque s'éloigne. Claude attend que l'embarcation soit assez loin pour étirer ses membres engourdis.

« Si François, Mick et Annie ne me trouvent pas, ils vont renoncer à me chercher et m'appelleront en criant, se dit-elle. Les bandits les entendront et comprendront que l'île n'est pas déserte. Ils feront peut-être demi-tour pour s'assurer que personne n'a surpris leur conversation... Et s'ils me pincent, je risque de passer un mauvais quart d'heure. »

Un frisson la parcourt. Allez ! Plus tôt elle sortira de sa cachette, mieux ça vaudra !

Claude se hisse hors du trou et, s'agrippant de son mieux, entreprend la difficile escalade.

Un seul faux pas, et c'est la dégringolade dans le vide. Il ne faut pas y penser ! Enfin, le cœur battant, la jeune fille parvient au sommet de la falaise. Elle est sauvée !

Sans même prendre le temps de respirer, elle se met à courir sur le sentier, pressée de retrouver ses cousins. Tout à coup, au détour d'un buisson, elle se cogne à François qui finit de fouiller les environs.

— Claude ! s'écrie-t-il. Enfin ! Où est-ce que tu te cachais ?... Mick et Annie te cherchent de l'autre côté, mais un pressentiment m'a poussé à venir par ici.

— Oh ! François ! Si tu savais...

Bien que le jour décline, François s'aperçoit que sa cousine est pâle et semble troublée. De toute évidence, elle est sous le choc.

— Qu'est-ce qui se passe ? Tu as l'air malade !

— Pas malade ! Indignée, révoltée... Et il y a de quoi, je t'assure ! Je viens de tomber sur un de ces mystères comme on les aime. Allons rejoindre les autres ! Je vous expliquerai.

Claude et François ont vite fait le tour du château. En les voyant apparaître, Mick et Annie poussent des exclamations.

— Voilà Claude ! constate Mick. Bravo, François ! Où est-ce que tu l'as dénichée ?

— On commençait à être inquiets, précise Annie.

— François m'a trouvée parce que je l'ai bien voulu, assure Claude, essoufflée, en se jetant sur l'herbe. En fait, j'étais sortie de ma cachette quand il m'a vue. Si j'y étais restée, jamais aucun de vous ne m'aurait découverte !

— Ça, c'est à voir ! réplique Mick. Puisque tu étais si sûre de toi, tu n'avais qu'à ne pas bouger !

Claude fronce les sourcils. Elle prend facilement la mouche.

— Si je te dis que ma cachette était quasi introuvable, tu peux me croire. Tu sais que je ne mens jamais !

Annie, sentant de la dispute dans l'air, se dépêche d'intervenir. Elle sourit à sa cousine et déclare d'un ton apaisant :

— On te croit, mais raconte-nous vite pourquoi tu as fini par te montrer !

Claude se détend. Sûre de son effet, elle lance d'une voix vibrante :

— J'ai découvert un complot !

Ses cousins la dévisagent, bouche bée.

— Un complot ? répète François. Qu'est-ce que tu veux dire ?

— Simplement que j'ai surpris la conversation de deux bandits en train de mijoter un mauvais coup. Notre devoir est, bien entendu, de le faire échouer... Donnez-moi le temps d'aller détacher Dago, et je vous raconterai tout !

Dagobert a déjà flairé Claude et tire sur sa chaîne en aboyant. Claude le délivre et lui caresse le col. Dans sa joie, le chien manque de la renverser.

— Hé ! Dag ! Tout doux ! ordonne-t-elle en riant.

Mick et François rejoignent leur cousine. Ils portent du bois sec qu'ils empilent sur les dalles avec l'aide d'Annie.

— Même en cette saison, il fait frais le soir, déclare François. On va allumer un grand feu de camp et, en attendant l'heure du dîner, Claude nous racontera son histoire.

Maintenant, la nuit est presque complètement tombée. François allume le bûcher. Bientôt, des flammes joyeuses s'élèvent dans la cour du château de Kernach.

— On t'écoute ! dit Mick à sa cousine tout en s'installant confortablement.

— Oui, Claude. Raconte vite ! renchérit Annie.

— Si c'est aussi sérieux que tu le penses, complète François, ne saute pas le moindre détail.

Claude, assise en tailleur, un bras passé autour du cou de Dagobert, commence alors son récit... Ses cousins se gardent de l'interrompre. Quand elle se tait enfin, François s'exclame :

— Une chance que ces bandits ne t'aient pas découverte ! Du coup, ils ne savent rien de nous et s'imaginent pouvoir agir en toute tranquillité. Notre ligne de conduite est claire : on doit faire échouer leurs plans !

— Prévenons immédiatement la police ! propose Annie. Il n'y a pas une minute à perdre !

Claude hausse les épaules.

— Impossible, Annie ! Je ne connais rien des bandits, à part leur prénom... J'ignore leur adresse et je ne sais même pas qui est leur future victime. Alerter la police avec aussi peu d'indices ne servirait à rien. On se moquerait de nous.

— Dans ce cas, on pourrait au moins mettre l'oncle Henri au courant ! C'est lui qui se chargera de prévenir les autorités !

— Non ! Tu me vois déranger papa qui est toujours tellement absorbé par son travail ? Il me dirait que j'ai trop d'imagination et me punirait peut-être, en plus. Tu sais comme il est sévère !

François réfléchit, puis acquiesce. Il se lève et consulte sa montre.

— Les émotions doivent t'avoir creusée, Claude. Je propose qu'on dîne. Après quoi, on examinera le problème sous tous ses angles, puis on prendra une décision.

La suggestion de François est adoptée à l'unanimité. Dès que le dessert est avalé, les Cinq reprennent leur discussion.

— Alors, dit François. Que sait-on précisément ? Que deux hommes, Herman et Léon, ont l'intention d'attaquer, avec l'aide d'un certain Marcel, une femme inconnue, à la date du 30 juillet. C'est bien ça, Claude ?

— Exactement. On sait aussi qu'il s'agit d'un vol de pierres précieuses et que la victime vit seule dans un château voisin.

— Cette dernière précision, fait remarquer Mick, nous aidera dans notre enquête. Vous êtes tous d'accord, je suppose, pour débrouiller nous-mêmes cette énigme ?

— Tout à fait d'accord ! répondent les trois autres d'une seule voix.

Le Club des Cinq veille assez tard cette nuit-là. D'abord, les enfants et Dago se rendent sur la petite plage où ont accosté les bandits. Là, à l'aide de lampes électriques, ils cherchent si les deux hommes n'ont pas laissé derrière eux un indice. Ils ne trouvent rien, mais Claude fait sentir l'odeur d'Herman et Léon à son chien. Dago, la truffe au ras du sol, se met à aboyer furieusement.

— Il a compris ! Maintenant, il les repérera s'il les rencontre ! affirme la fillette.

Puis les enfants retournent auprès de leur feu de camp pour décider de quelle manière ils commenceront leur enquête.

— Avant tout, déclare François, il faut identifier la mystérieuse « dame du château ». Et de quel château il s'agit. Tout ça, à nous de le découvrir !

— Il y a beaucoup de manoirs dans le coin…, soupire Annie. Et on les désigne presque tous du nom de « château ».

— Et on appelle aussi « château » une maison de maître ou une grande villa ! fait remarquer Claude.

— Et parfois même une ferme un peu vaste, ajoute Mick. Voilà qui ne va pas faciliter nos recherches.

François se force à être optimiste.

— On peut en tout cas éliminer tout de suite les petites maisons et les appartements, dit-il. C'est toujours ça !

— Il faut donc trouver une femme seule, récapitule Claude, habitant une grande propriété. Et puis on cherchera à savoir si cette femme garde chez elle un trésor de famille.

— Ensuite, enchaîne Annie, on devra découvrir si ce trésor se compose d'émeraudes.

— Enfin, poursuit Mick, une fois qu'on sera bien certains d'avoir affaire à la future victime d'Herman et Léon, on ira la trouver et on la mettra en garde. Elle se chargera alors d'alerter elle-même la police.

— Les gendarmes n'auront plus qu'à tendre un piège aux malfaiteurs, conclut François, et à les prendre en flagrant délit.

Claude mâchonne un brin d'herbe.

— Je me demande, soupire-t-elle, qui peut bien être le troisième homme. Le fameux Marcel... Et je me demande aussi comment il sera en mesure d'aider Herman et Léon le 30 juillet. Enfin ! Allons dormir. Demain, on y verra plus clair !

Chapitre 4

Deux pistes de trop

Le lendemain, quand les Cinq se réveillent, le soleil brille déjà haut dans le ciel. À tour de rôle, les enfants vont se débarbouiller au ruisseau qu'alimente la source de l'île. Puis ils engloutissent avec appétit leur petit déjeuner.

— Tu as une idée, Claude ? demande Mick, la bouche pleine.

— Pour amorcer notre enquête ? Oui ! Je propose qu'on aille tout de suite à terre pour commencer à quadriller la côte et repérer les coins isolés. C'est dans un de ces coins isolés qu'on trouvera le « château » qu'on cherche. On a du pain sur la planche !

François, l'aîné des enfants et le plus raisonnable de la bande, juge excellente l'idée de Claude. Il est également d'avis de se mettre au travail sans tarder.

— Le temps presse, explique-t-il. On n'a qu'un mois, déjà entamé, pour faire aboutir nos recherches.

Après avoir rangé les affaires du petit déjeuner, les Cinq, pleins d'entrain, dévalent le sentier conduisant à la petite crique abritée où Claude a amarré son bateau.

— Une chance que les bandits aient accosté l'île de l'autre côté, fait-elle remarquer. Sans ça, ils auraient compris qu'elle n'était pas inhabitée !

Les enfants grimpent à bord du canot, le *Saute-Moutons*, et rament en direction du rivage. Arrivés au hangar à bateau des Dorsel, ils y laissent l'embarcation et prennent leurs vélos.

Avant de se mettre en route, Claude déplie une carte de la région.

— Regardez, dit-elle. On est ici, et voilà la côte, avec le village de Kernach et ses nombreuses maisons et villas. Inutile de chercher de ce côté ! Vers le sud, on a toute une série de petites stations balnéaires. Le seul endroit désert de cette partie de la côte est « la Lande

Sauvage ». Il faudra voir s'il n'existe pas une habitation isolée à cet endroit !

Mick se penche sur la carte.

— La côte nord offre plus de possibilités, constate-t-il. Les villages y ont l'air rares !

— Exact ! approuve François en suivant du doigt le contour du rivage. Jusqu'au cap Lancelot, qui se trouve encore assez loin d'ici, le bord de la mer paraît peu habité. Un coin idéal pour faire un mauvais coup !

— Je comprends, dit Annie en frissonnant, que, si une femme vit seule dans les parages, elle soit une proie idéale pour des bandits comme Herman et Léon.

— Ne perdons pas de temps ! décide Claude en repliant sa carte. Alors, par où commencer ?

— Autant nous débarrasser de la Lande Sauvage tout de suite, conseille François. Au retour, on en profitera pour acheter des œufs frais à Kernach.

Les Cinq partent sans plus attendre, pédalant ferme sur la route. Dagobert, qui adore se dépenser, gambade aux côtés de Claude. Parfois, il zigzague à droite et à gauche, histoire d'agrémenter le parcours. C'est ainsi qu'il effraie un bon nombre de poules et donne des émotions à plus d'un lapin !

La petite troupe ne fait que traverser le village de Kernach dont le marché, dans la poussière dorée du matin, anime la place principale.

Peu après, la Lande Sauvage apparaît aux enfants. C'est une vaste étendue désolée, à l'aspect lugubre. Annie regarde craintivement autour d'elle.

— Brr... Ce n'est pas gai, ici !

— Et encore, lance Mick, on voit l'endroit en plein jour. Le soir, ce doit être franchement sinistre. Je suis sûr que personne n'habite dans ce coin !

— Eh bien, justement si ! répond Claude. J'aurais même dû me le rappeler plut tôt ! Si je n'y ai pas pensé, c'est qu'il s'agit d'un château oublié, même par les gens de la région. Personne n'en parle jamais !

— Un château ? Tu as bien dit « un château » ? questionne Mick.

— Oui, et habité par une femme ! continue Claude. Mais elle n'est pas riche du tout. Je ne pense pas que ce soit elle que visent nos bandits.

— Tout de même, déclare François. Il nous faut voir ça de près. Où est ce château ?

— Là-bas ! Tiens... regarde !

Sur une colline dominant la lande déserte, une bâtisse sombre et carrée se dresse non loin des enfants.

— Avant, explique Claude, ce manoir s'élevait au centre d'un village. À la suite d'un raz de marée, toutes les maisons ont été balayées. Seule la demeure seigneuriale a été épargnée. Je ne sais rien de plus, sauf que le manoir est habité aujourd'hui par la châtelaine. J'ignore si elle vit seule ou non. Je sais seulement qu'elle est pauvre. Ça m'étonnerait qu'elle possède des pierres précieuses !

— Passons la Lande Sauvage au peigne fin, propose François. On verra bien s'il n'y a pas d'autre habitation.

Mais c'est sans succès que les Cinq battent la lande. Ils n'aperçoivent pas d'autre demeure que le manoir.

— Retournons à Kernach, décide Claude. On se renseignera auprès de Jean-Jacques Loïc, le jeune pêcheur avec qui on est sortis en mer l'an dernier. Il est très gentil et il nous aidera s'il le peut.

Les enfants reprennent en pédalant le chemin de Kernach. Ils commencent par s'arrêter au marché pour y acheter, entre un étal de fleurs et un autre de légumes, des œufs bien frais. Puis ils se dirigent vers le port. Ils y trouvent sans difficulté Jean-Jacques Loïc, occupé à repeindre son bateau en sifflotant.

— Tiens ! Le Club des Cinq ! s'écrie le jeune pêcheur en les voyant paraître. Comment allez-vous depuis l'été dernier ?

Après avoir bavardé un instant, François l'interroge discrètement sur la « châtelaine ».

— Vous vous intéressez à Mme de Lérach ? s'exclame Jean-Jacques, étonné. Pauvre femme ! Elle n'a pourtant rien de spécial. Elle a tout perdu... son mari, ses enfants, sa fortune... et vit enfermée dans sa vieille demeure. On la voit rarement au village. Elle n'y vient que pour se ravitailler. Je me demande comment elle fait pour survivre. Elle arrive en général le matin, en car, et circule comme une ombre. Tout le monde a pitié d'elle mais elle est aussi sauvage que sa lande et ne parle à personne.

— Eh bien, marmonne Claude entre ses dents, ça va être facile, pour entrer en contact avec elle !

Les enfants quittent Jean-Jacques et se rendent aux *Mouettes*. Ils restent déjeuner avec M. et Mme Dorsel. Puis, au début de l'après-midi, la petite troupe repart, en direction du nord cette fois.

— On ne peut pas tout faire en un seul jour, souligne François. On devra avancer progressivement ! L'essentiel est de bien ouvrir les yeux... et de ne pas s'impatienter.

La côte, au nord de Kernach, est très différente de celle qui s'étend au sud du village. D'aspect moins ennuyeux à l'intérieur des terres, elle attire pourtant moins de monde, car la raideur de ses falaises et sa bordure de récifs rendent le littoral peu accueillant aux bateaux et aux baigneurs. Aussi les habitations y sont-elles plutôt clairsemées.

Les Cinq, après avoir parcouru environ un kilomètre, se répartissent en deux groupes : François et Annie d'une part, Mick, Claude et Dago de l'autre. Mais c'est sans succès qu'ils écument la région. Ils ne rencontrent que de petites fermes, abritant des familles entières, ou quelques cabanes de pêcheurs, sans intérêt pour eux.

Ils se retrouvent bredouilles en fin d'après-midi et assez fatigués. Claude décrète qu'ils ont consacré assez de temps à leur enquête ce jour-là et qu'il est temps de regagner l'île. Le reste de la journée se passe en baignades et en jeux divers. Avant de se coucher, les Cinq décident de reprendre leur travail d'exploration le lendemain de bonne heure.

Tôt dans la matinée, donc, les enfants filent directement vers le nord, traversent la portion de région visitée la veille, et se divisent de nouveau en deux équipes pour continuer leurs recherches. Cette fois, les jeunes détectives sont plus chanceux. Quand ils se retrouvent, vers midi, au lieu fixé comme rendez-vous, tous semblent triomphants.

La première, Claude s'écrie avec sa fougue habituelle :

— Victoire ! Mick et moi, on a peut-être découvert la mystérieuse victime d'Herman et compagnie !

— Victoire pour nous aussi ! réplique François sur le même ton. On a déniché une femme seule qui pourrait bien être notre inconnue !

Chaque équipe donne alors des détails. Claude et Mick ont aperçu, protégée par un rideau d'arbres, une villa isolée, d'apparence luxueuse.

— J'ai interrogé des paysans qui passaient, explique Mick. Il paraît qu'une certaine Mme Grant habite cette villa en solitaire. L'endroit s'appelle *Ker-Armor*. Cette Mme Grant doit être riche. Elle peut très bien posséder des pierres précieuses.

François poursuit :

— Ce n'est pas une villa qu'on a découverte, nous, mais une ferme très belle, très prospère, semble-t-il. J'ai eu la chance de rencontrer un voisin et je l'ai questionné. Il a accepté de me fournir des renseignements. La propriété appartient à une riche fermière, Mme Labry, qui gère seule son domaine des *Hêtres*. Elle emploie des ouvriers agricoles. Ils arrivent le matin et repartent le soir. Elle aussi pourrait très bien être la « dame du château » visée par les bandits.

Claude plisse le front d'un air soucieux.

— Nous voici déjà avec trois « victimes » possibles…, soupire-t-elle. Et on est seulement au début de notre enquête. Hum ! ça s'annonce mal !

Les Cinq mangent sur l'herbe le pique-nique qu'ils ont eu la précaution d'emporter. Puis les recherches reprennent, de plus en plus au nord.

Elles se poursuivent trois jours encore. Bientôt, les enfants ont exploré toute la côte, jusqu'au cap Lancelot. Mais, chose curieuse, ils ne trouvent pas de « château » isolé autre que les trois repérés au commencement de leur enquête.

Ce soir-là, autour de leur feu de camp, dans l'île de Kernach, ils font le point de la situation.

— Je craignais, dit Claude, qu'on n'ait à chercher une aiguille dans une botte de foin. Me voilà un peu rassurée. Tout compte fait, on n'a sélectionné que trois femmes susceptibles d'être cambriolées par Herman et ses complices : Mme de Lérach au château de *La Lande*, Mme Grant à *Ker-Armor* et Mme Labry aux *Hêtres* !

— Tout à fait ! approuve Annie. Maintenant, il faut savoir laquelle des trois possède les pierres précieuses, puis la prévenir... Et le tour sera joué !

— Je crois qu'on peut éliminer d'office Mme de Lérach, dit Mick. Elle est trop pauvre !

— Doucement ! conseille François. Au contraire, on ne connaît pas l'état de sa fortune. Certaines personnes cachent leur richesse pour éviter les cambriolages.

— Bon ! conclut Claude. Le meilleur moyen d'éliminer Mme de Lérach au plus tôt, c'est de commencer par elle !

Et c'est ainsi que, le lendemain, les Cinq se trouvent une fois de plus sur ce que Mick appelle « le sentier de la guerre ».

Chapitre 5

Sur le sentier de la guerre

L'objectif des Cinq est le manoir de *La Lande*. Ils veulent interroger la châtelaine. En traversant Kernach, Annie aperçoit soudain des fleurs superbes.

— Arrêtons-nous un instant. Je voudrais acheter des roses pour ta mère, Claude. On déposera le bouquet aux *Mouettes* au retour.

Tandis que ses compagnons l'attendent, la fillette court vers l'étal qui a retenu son attention. Soudain, devant elle, une dame âgée et frêle s'arrête, effrayée par l'allure d'une mobylette qui arrive sur elle. Annie devine que la pauvre femme ne sait pas si elle doit avancer ou reculer. Alors, elle la tire vivement en arrière, au moment précis où le garçon qui chevauche l'engin s'apprête à l'accrocher au passage. Celle-ci, encore toute tremblante, se perd dans la foule après avoir balbutié un « merci » apeuré.

Annie achète ses fleurs et se dépêche de rejoindre sa cousine et ses frères. Tous quatre se remettent en selle. Escortés de Dago, ils pédalent rapidement sur la route déserte quand un car les dépasse à vive allure, dans un nuage de poussière.

— J'ai horreur de ces gros trucs ambulants ! dit Claude. Ça effraie même les vaches !

François se met à rire.

— Mais c'est bien pratique pour les gens qui n'ont ni voiture ni vélo ! Allez ! Courage ! On approche.

Un quart d'heure plus tard, les Cinq mettent pied à terre devant le manoir de *La Lande*. Sans hésiter, Claude s'approche de l'énorme portail qui en défend l'accès et tire la chaîne rouillée à portée de sa main.

Le son d'une cloche éveille des échos sous une voûte lointaine.

— Il n'y a personne..., souffle Annie au bout d'un moment d'attente silencieuse.

Comme pour la contredire, un judas s'ouvre dans le portail et une voix de femme, cassée par l'âge, demande :

— Que voulez-vous ?

François s'avance.

— On souhaite parler à Mme de Lérach, dit-il poliment. C'est pour une affaire de la plus haute importance !

— Je ne reçois personne ! répond la voix.

— S'il vous plaît, madame ! s'écrie Claude avec impatience. Il est question de votre sécurité !

— Partez. Je ne vous connais pas !

Le judas se referme. Les enfants se regardent, interloqués.

— Eh bien ! grommelle Mick. Pas si facile, de venir en aide aux gens...

Le claquement du judas qu'on rouvre lui coupe la parole.

— Cette fillette... là... je la reconnais ! fait la voix. Voyons ! Approche, ma petite. Oui, oui... C'est bien toi qui m'as sauvé la vie tout à l'heure, au village ! Oh ! J'étais tellement émue que je t'ai à peine remerciée. Entrez ! Entrez donc, les enfants !

Le revirement est si brusque que les Cinq n'osent pas bouger. Soudain, le portail s'ouvre tout grand. Mme de Lérach paraît sur le seuil. C'est la vieille dame à qui Annie, effectivement, a rendu service un peu plus tôt. Sans l'intervention de la fillette, la châtelaine n'aurait jamais accepté de laisser entrer des étrangers sous son toit.

Les Cinq se trouvent maintenant dans le grand salon du manoir. C'est une pièce triste où subsistent encore les vestiges d'une richesse passée... Claude vient de terminer son récit. Mme de Lérach ne met pas un instant en doute l'histoire racontée par la fille de M. Dorsel, un savant bien connu dans la région.

— Oui, oui... j'aurais dû m'en douter... Je possède en effet un trésor de famille, reconnaît-elle à la surprise des enfants. Et vous dites que des voleurs veulent s'en emparer ? Oh ! C'était fou de ma part de vouloir le garder chez moi ! Il n'est pas en sûreté sous mon toit, c'est certain !

— Calmez-vous, madame, réagit François. Le cambriolage n'est prévu que pour la fin du mois. D'ici là, vous aurez le temps d'avertir la police.

— Oui, tu as raison. Par moments je ne sais plus où j'ai la tête. Je vis trop seule… seule avec mes souvenirs ! Mais je suivrai votre conseil, mes jeunes amis. En attendant, voulez-vous que je vous fasse admirer mon trésor ?

Les Cinq sont enchantés d'avoir découvert si vite la victime de Herman et ses complices. Et la confiance que leur témoigne la pauvre Mme de Lérach en leur avouant posséder un « trésor de famille » les touche beaucoup. Ils lui emboîtent donc le pas de bon cœur.

Annie, qui adore les bijoux, se réjouit à l'idée de voir les fabuleuses émeraudes. Mme de Lérach guide les Cinq, à travers des salles et des couloirs sans fin, jusqu'à une pièce sans meubles et aux murs dénudés. Les enfants échangent des regards surpris : il n'y a là aucune trace de trésor !

La châtelaine surprend leurs regards et sourit.

— Je comprends votre étonnement, dit-elle. Mais mon trésor ne doit pas rester exposé aux yeux de tous. Voyez plutôt !

Elle appuie sur une minuscule rosace en relief qui décore la cheminée. Celle-ci pivote sur elle-même, découvrant l'entrée d'une petite pièce secrète.

— Entrez, mes enfants, et admirez !

Les Cinq entrent à sa suite. La vieille dame a allumé une bougie et éclaire fièrement le portrait en pied d'un chevalier à l'air conquérant.

— Mon ancêtre ! annonce Mme de Lérach. Le marquis de Lérach de Feuil ! Mon inestimable trésor.

Éberlués, les Cinq n'en croient pas leurs yeux. Et puis ils comprennent. En racontant à toute vitesse son histoire de bandits, Claude a parlé d'un « trésor de famille », mais sans préciser qu'il s'agissait de pierres précieuses. D'où le malentendu !

Mick se mord les lèvres pour ne pas pouffer. Annie contemple le chevalier sans un mot. Claude est rouge de confusion. François sait que c'est à lui de rétablir la vérité. Il explique donc à la châtelaine que personne ne convoite le portrait de son ancêtre, et que les bandits recherchent uniquement un coffret de pierres précieuses. Mme de Lérach paraît soulagée. Elle déclare qu'elle est heureuse d'avoir fait la connaissance des Cinq et les reconduit jusqu'au portail en leur proposant de revenir la voir.

Les Cinq se retrouvent, bredouilles, sur la lande. Ils enfourchent de nouveau leurs vélos.

— Eh bien, dit Mick, c'est ce qu'on appelle un coup d'épée dans l'eau !

— Pas tout à fait, corrige François, puisqu'il nous permet d'éliminer Mme de Lérach de la liste des victimes possibles.

Dans l'après-midi, les jeunes détectives décident de poursuivre leur enquête et de se rendre à *Ker-Armor*, chez Mme Grant. Parvenus à la villa, ils mettent pied à terre et sonnent à la grille. Presque aussitôt, la porte d'entrée s'ouvre. Une grande femme, d'allure sportive, paraît sur le perron. Elle s'avance tranquillement vers les Cinq.

— Que voulez-vous ? demande-t-elle d'un air peu aimable.

— Bonjour, madame, dit François. On voudrait parler à Mme Grant.

— C'est moi.

— On souhaiterait vous parler de choses importantes. Est-ce qu'on peut entrer ?

Mme Grant fronce les sourcils d'un air soupçonneux.

— Je n'ai pas l'habitude d'ouvrir ma grille à des inconnus, même si ce sont des enfants, répond-elle durement.

François se dépêche de se présenter, ainsi que ses compagnons.

— Vous avez raison d'être prudente, madame, ajoute-t-il en souriant. Vous habitez seule et...

— Comment savez-vous que je vis seule ? coupe Mme Grant d'un ton sec.

— On s'est renseignés, explique Mick.

— Voilà qui est suspect, jeune homme ! Vous prenez des renseignements sur moi, vous savez que je vis seule et vous voudriez que je vous reçoive tous les quatre... sans parler de ce chien que m'a l'air bien féroce !

— Dago est doux comme un agneau ! réagit Claude en se hérissant. Et il est prêt à vous défendre si vous le voulez !

— Ou à se jeter à ma gorge si tu lui en donnes l'ordre !

— Comment est-ce que vous pouvez croire une chose pareille ! s'exclame Annie, choquée. On vient au contraire vous mettre en garde contre des bandits et...

Mme Grant ne la laisse pas poursuivre.

— Je n'ai aucune envie de participer à vos jeux idiots. Allez ! Filez d'ici, les gosses !

François proteste à son tour :

— Puisque vous ne voulez pas nous permettre d'entrer, tant pis ! On va vous mettre au courant ici même. Écoutez seulement...

— Je n'ai pas de temps à perdre ! Allez-vous-en !

Les enfants tentent de se faire entendre de leur interlocutrice. Mais c'est peine perdue !

— Si vous ne partez pas d'ici tout de suite, les prévient Mme Grant, je lâche sur vous un chien deux fois plus gros que le vôtre. Mon neveu est justement venu me voir aujourd'hui et il a amené Sultan !

Au même instant, un jeune homme portant un pull à col roulé paraît sur le perron.

— Qu'est-ce qui se passe, tante Laure ? s'écrie-t-il en retenant par son collier un énorme chien-loup.

— Pas grand-chose ! répond Mme Grant. Simplement des jeunes qui veulent forcer ma grille ! Je les soupçonne de faire du repérage pour des voleurs.

Les Cinq poussent un tel hurlement d'indignation (Dago compris !) que Sultan, le chien-loup, leur fait écho : « Ouah ! »

Dago se dépêche de lui donner la réplique : « Ouah ! Ouah ! » Sultan et son maître rejoignent Mme Grant.

— Ouvre un peu la grille, suggère le jeune homme à sa tante. Rien qu'en leur montrant les crocs, Sultan obligera ces gosses à filer comme des rats !

Mme Grant marque une hésitation.

— Tu crois vraiment, Marc ?

Mais celui-ci a déjà lui-même entrebâillé la grille. Il n'a bien sûr pas prévu que Sultan, excité à la vue d'inconnus, est sur le point de lui échapper ! L'énorme chien-loup se libère d'une secousse et fonce sur l'obstacle le plus proche : Claude !

Dagobert ne lui permet pas d'atteindre son but. Il lui saute dessus. C'est une lutte effrayante. Les chiens grognent. Les enfants crient. Les adultes cherchent à retenir Sultan.

Claude seule n'a pas peur.

— Vas-y, Dag ! Flanque une raclée à cette grosse brute !

Enfin, Marc réussit à attraper le collier du chien-loup. Claude entoure de ses bras le cou de son courageux défenseur qu'elle embrasse sur le museau.

— Vous avez enfin compris ? hurle Mme Grant. Filez vite d'ici. Ce sera plus prudent !

François, sans plus discuter, fait signe aux autres de le suivre. Quand les Cinq se retrouvent à cent mètres de la villa, ils s'assoient à l'ombre d'un dolmen pour discuter. Claude s'est assurée que Dago n'est pas blessé : son habileté l'a protégé des morsures de son adversaire. Mick, lui, est fou de rage.

— Cette Mme Grant est une vraie tête de mule ! grommelle-t-il. Elle est plus méfiante qu'une belette. Dire qu'on venait pour l'aider !

— Puisqu'on n'a pas pu lui parler, annonce François gravement, il ne nous reste qu'à lui écrire pour lui signaler le danger qui la menace.

— Laissons-la plutôt se débrouiller seule ! s'écrie Mick, encore tout bouillant d'indignation. Tant pis si on la cambriole ! Ça lui apprendra !

Annie, plus conciliante, se range à l'avis de François : il faut écrire à Mme Grant. Mais Claude pense différemment. Elle a son idée bien à elle...

— On doit mener notre enquête sérieusement et à fond, déclare-t-elle. Une lettre risquerait de rester sans réponse et on ne saurait pas quoi penser. Ça ne nous avancerait à rien ! Il faut entrer en contact avec Mme Grant, coûte que coûte !

Claude, déterminée, expose son plan à ses cousins.

— Je me charge de l'opération ! annonce-t-elle. D'après ce que nous a dit la propriétaire de *Ker-Armor*, son neveu et le chien ne sont là qu'en visite. Ce soir, ils seront repartis. Alors, j'irai sonner à la grille et je discuterai avec Mme Grant.

François proteste :

— Tu es folle ! Elle ne t'écoutera même pas !

— Je verrai bien ! Je peux toujours essayer !

— Qu'est-ce qu'il se passera si tu vas là-bas et que Sultan y est encore ? Non, non, je te l'interdis !

— Bon ! Ne te fâche pas !... accepte sa cousine, l'air renfrognée. On se contentera d'écrire.

Les enfants retournent dans leur île où ils jouent avec entrain aux Robinsons modernes. À l'heure du coucher, on se sépare après avoir décidé de rendre visite à Mme Labry le lendemain.

Chapitre 6

Expédition nocturne

Étendue sous la tente qu'elle partage avec Annie, Claude attend que sa cousine soit endormie. Les garçons, de leur côté, somnolent déjà... Alors, sans faire de bruit, Claude se glisse hors de l'abri de toile. Dago vient à elle, frétillant de joie.

— Chut…, lui murmure-t-elle. N'aboie surtout pas ! Viens ! On part en expédition tous les deux !

Le chien la suit en silence. Côte à côte, les deux amis, éclairés par un magnifique clair de lune, longent le sentier qui mène à la crique où le *Saute-Moutons* attend dans la nuit. Claude se glisse dans le canot...

Tout à l'heure, elle a paru obéir à François, mais ce n'était qu'une feinte. Elle était bien décidée à aller relancer Mme Grant !

— Allez, hop, Dago ! En route !

Le chien est déjà à bord. Claude empoigne les avirons et rame en souplesse vers le rivage. La mer est calme, la brise tiède. Dagobert semble apprécier la promenade.

Claude laisse son canot attaché au petit embarcadère des *Mouettes*, prend son vélo et s'élance à toutes pédales sur la route du nord. Dago trotte à ses côtés, heureux de cette escapade inattendue. Onze coups, apportés par la brise, sonnent au clocher de Kernach...

— Parfait ! Marc doit être loin à cette heure-ci. Et peut-être que Mme Grant n'est pas encore couchée ? Elle acceptera bien de me recevoir seule. Toi, Dag, tu resteras caché.

Arrivée devant la grille de *Ker-Armor*, Claude met pied à terre et ordonne à Dago de se coucher derrière un buisson.

— Reste là jusqu'à mon retour, dit-elle. Sois sage !

Puis elle s'avance jusqu'à la grille. Pas un rayon de lumière ne filtre hors de la villa. Claude sonne. Aucun son ne se fait entendre. Apparemment, pour avoir la paix, Mme Grant a débranché sa sonnette. Très ennuyée, Claude se demande ce qu'il faut faire. Elle ne s'est tout de même pas imposé ce long trajet pour rien... Soudain, elle a une idée :

« Et si j'escaladais la grille ! J'irais jusqu'à la maison et je tambourinerais à la porte. Avec le bruit que je ferais, on ne pourra pas m'accuser d'avoir pénétré dans la propriété avec de mauvaises intentions ! »

Aussitôt dit, aussitôt fait ! Après s'être assurée que la grille est bien fermée, Claude entreprend d'y grimper. Souple comme un chat, elle parvient au sommet, puis se laisse glisser de l'autre côté. C'est alors que la catastrophe se produit !

À peine la fillette a-t-elle atterri qu'elle trébuche sur un câble qui court dans l'herbe. Ce fil est sans doute relié à un avertisseur, car, à l'instant même, une sonnerie stridente résonne à l'intérieur de la villa ! Claude est tombée sur un piège à voleurs !

Elle se relève vivement, abasourdie et pestant tout bas contre sa malchance. Elle n'a pas fait un pas que déjà la porte de la villa s'ouvre... Une nappe de lumière inonde le jardin. Mme Grant paraît en haut du perron ! Elle est en robe de chambre. Son attitude menaçante ne prédit rien de bon. Elle brandit une solide canne ferrée.

— Qui est là ? demande-t-elle d'une voix rude.

Claude s'avance en boitillant.

— Ce n'est que moi, madame... Je faisais partie du groupe d'enfants qui vous a rendu visite cet après-midi ! précise-t-elle posément. Il faut à tout prix que je vous parle. Et comme votre sonnette ne fonctionne pas...

— Prétexte ! grommelle la propriétaire de *Ker-Armor*. Je savais bien que vous étiez suspects.

— Je vous assure que vous faites erreur ! affirme Claude, désespérée. Mon père, M. Dorsel, est un savant très célèbre.

— Et rien ne me prouve que vous êtes sa fille ! D'ailleurs, vous laisserait-il vagabonder la nuit, sans surveillance ?

— Je peux tout vous expliquer, commence Claude. C'est un affreux malentendu, croyez-moi ! Si vous aviez accepté de nous écouter tout à l'heure...

— Mais je ne tiens pas plus à vous écouter maintenant !

Là-dessus, sans prêter attention aux protestations de Claude, Mme Grant s'approche d'elle, la saisit par le bras et la secoue avec rudesse.

— Mieux vaut avouer que tu es venue ici en éclaireuse ! C'est une bande de cambrioleurs qui t'a envoyée ici ! Tu es chargée de les renseigner sur l'état des lieux. Mais je suis méfiante, comme tu vois. Cette maison est pleine de pièges à voleurs. Tu n'as pas de chance !

— Vous vous trompez, je vous le jure ! s'écrie Claude qui commence à être effrayée pour de bon. Mes cousins et moi, on n'était venus que pour vous mettre en garde. Des bandits projettent de vous dépouiller de votre trésor.

— Quel trésor ? Quelle est cette nouvelle invention ? Décidément, tu raconterais n'importe quoi pour que je te rende ta liberté !

— Pas du tout ! répond Claude, indignée. Je ne mens jamais !

— Pourquoi te croirais-je ? Les faits parlent d'eux-mêmes ! Tu t'es introduite, de nuit, dans une propriété privée. C'est puni par la loi ! L'heure est trop tardive pour que je dérange les gendarmes de Kernach. Mais demain matin, je les préviendrai et ils viendront te chercher. En attendant, je vais t'enfermer quelque part. Une nuit passée à réfléchir à tes actes te fera le plus grand bien !

Claude continue à affirmer son innocence. Mais Mme Grant ne veut rien entendre. Tenant la petite Dorsel d'une main de fer, la propriétaire de *Ker-Armor* l'entraîne du côté du garage.

— Je te bouclerais bien dans la cave, dit-elle, mais tu ferais peut-être du bruit et tu m'empêcherais de dormir. Ici, tu pourras crier et m'appeler autant que tu voudras. Je ne t'entendrai pas ! Et même si je t'entendais...

Cette fois, la peur, chez Claude, fait place à la colère.

— Vous ne pouvez pas faire ça ! hurle-t-elle, scandalisée. Je n'ai rien fait de mal !

— Parce que je ne t'en ai pas laissé le temps ! Allons, ouste ! Inutile d'essayer de m'attendrir !

— Vous regretterez un jour de m'avoir mal jugée ! prévient Claude. Mais il sera peut-être trop tard !

Là-dessus, hors d'elle, elle se débat frénétiquement pour échapper à l'étreinte de son adversaire. Mais Mme Grant est une femme sportive qui ne se laisse pas surprendre. Elle maintient sa proie d'une poigne ferme et, malgré sa résistance, la pousse dans le garage situé juste à côté de la maison. Après quoi, elle en ferme la porte à clé.

— Demain, crie-t-elle, c'est aux gendarmes que tu auras affaire !

Claude l'entend s'éloigner et se mord les lèvres de dépit.

— Eh bien, me voilà dans de beaux draps ! murmure-t-elle.

Pourtant, comme elle ne s'avoue pas vaincue, elle inspecte sa geôle avec soin. À l'exception d'une minuscule prise d'air, celle-ci ne comporte pas d'autre issue que la porte ! Claude est prisonnière !

Tandis que sa maîtresse se morfond dans le garage, cherchant vainement une sortie par où elle pourrait se sauver, que devient Dagobert ? Dago est un chien intelligent. Il adore Claude et, d'instinct, la comprend. Si elle est triste, il s'efforce de l'égayer. Si elle est joyeuse, il s'associe à son bonheur par des gambades. De même, il devine quand un danger la menace. Au-delà de son adoration pour Claude, il aime énormément François, Mick et Annie. Au sein du Club des Cinq, le rôle du brave Dago est de protéger et de défendre Claude et ses cousins.

D'habitude, Dagobert obéit scrupuleusement à sa jeune maîtresse. Quand Claude lui a ordonné de rester à l'attendre derrière son buisson, il a parfaitement compris.

L'oreille aux aguets, il a suivi les mouvements de la jeune fille escaladant la grille de *Ker-Armor*. Il a entendu le bruit de la dégringolade, celui de la sonnette d'alarme, puis la voix sèche et furieuse de Mme Grant. Tout cela l'a troublé, inquiété. Et quand Claude s'est mise à protester contre les accusations de son adversaire, il a compris, à son intonation, qu'elle était en difficulté.

Maintenant, guidé par son instinct, Dago désobéit à la consigne pour voler au secours de sa maîtresse. Mais impossible de sauter par-dessus la grille ! Celle-ci est trop haute. L'obstacle semble infranchissable !

Dagobert, sans perdre son temps en aboiements inutiles, essaie alors de se faufiler entre les barreaux de fer. Mais il est trop gros. Prenant son élan, il tente de nouveau de franchir la grille en bondissant… Rien à faire ! Il retombe toujours avant d'en avoir ne serait-ce qu'effleuré le haut. Affolé, il voit Mme Grant entraîner Claude vers le garage et se met à gémir de rage et de chagrin.

Personne ne l'entend. Il recommence à bondir. Toujours sans succès. Mme Grant, ayant enfermé Claude à clé, rentre chez elle. Alors, Dag comprend que sa petite maîtresse est prisonnière. Il pousse deux ou trois aboiements brefs : « Ouha ! Ouah ! Ouah ! »

Claude l'entend. Son cœur bat d'espoir.

— Dag ! crie-t-elle de toutes ses forces. Dag ! C'est toi ? Au secours, Dag ! Au secours !

Mais elle sait bien que son ami à quatre pattes est incapable de la délivrer. Malgré tout, le seul fait de le savoir là, à portée de sa voix, lui rend un peu de courage.

« Il faut à tout prix que je sorte d'ici, se dit-elle. J'aurai l'air maligne, demain matin, si Mme Grant me livre aux gendarmes. Quel scandale ! J'imagine d'avance la colère de papa. Il nous grondera pour avoir voulu mener notre enquête tout seuls ! Et puis l'affaire s'ébruitera, c'est certain. Les bandits seront alertés, et alors, *pfuitt*... ils renonceront à leur cambriolage et iront faire leur mauvais coup ailleurs. Plus moyen de les pincer ! »

Dagobert, de son côté, a compris que ses efforts pour franchir la grille sont inutiles. Sa logique de chien lui suggère un raisonnement tout simple.

« Claude est prisonnière, se dit-il. Je ne peux pas la délivrer. Je dois alerter les autres ! »

Dago jette un dernier regard au garage où Claude se trouve enfermée et, sans plus s'attarder, fait demi-tour et s'éloigne à toutes pattes.

Le chien court longtemps, à allure soutenue, sans jamais dévier de sa route, jusqu'à l'embarcadère des *Mouettes*. Là, il s'arrête un instant. Que faire ? La villa des parents de Claude est là, toute proche. S'il aboie assez fort, on l'entendra, c'est certain.

Pourtant, Dag sent bien que ce n'est pas la meilleure solution. Mieux vaut réveiller François,

Mick et Annie ! Mais, pour cela, il faut regagner l'île. Le brave Dag n'hésite pas une seconde. Le bras de mer séparant le rivage de l'île de Kernach s'étend devant lui au clair de lune. Le chien saute à l'eau. Luttant contre le courant, il nage avec détermination, encouragé par la pensée de Claude...

Quand il prend enfin pied – ou doit-on dire « patte » ? – sur le sable de la petite crique en contrebas du château, il s'ébroue à peine. Puis il grimpe le raidillon et se rue sous la tente des garçons en aboyant avec frénésie : « Ouah ! Ouah !... Ouah ! Ouah ! »

François et Mick s'éveillent en sursaut. Mick, une fois assis, ouvre des yeux ronds.

— Dag ! Qu'est-ce qui te prend ? Tu es devenu fou ? Qu'est-ce que tu as à hurler ?

François, plus lucide, comprend aussitôt qu'il y a un problème.

— Il est arrivé quelque chose aux filles ! s'écrie-t-il. Jamais Claude ne laisserait son chien aboyer comme ça !

Les deux garçons se lèvent précipitamment et sortent de leur tente. Celle des filles est tranquille. Rien ne bouge à l'intérieur.

— Claude ! Annie ! crie François en s'approchant. Tout va bien ?

Dago se rue à l'intérieur de la tente et aboie de toutes ses forces. La voix ensommeillée d'Annie lui fait écho :

— Claude ! Empêche Dagobert d'aboyer !

Mick hausse les épaules et attrape Dago par son collier.

— Calme-toi, maintenant, lui dit-il d'un ton sévère. Ça ne se fait pas, de réveiller les gens en pleine nuit ! Hé ! Claude ! Viens donc imposer le silence à ton chien !...

Mais c'est Annie et non Claude qui surgit soudain de la tente. La fillette semble bouleversée.

— François !... Mick !... Claude n'est pas là. Je croyais qu'elle dormait à côté de moi, mais je viens de m'apercevoir qu'il n'y a personne. Oh ! Pourquoi Dago aboie comme ça ? J'ai peur. Il a dû arriver quelque chose à Claude. Je le sens ! J'en suis sûre !

— Ne panique pas, réagit Mick. Claude a dû aller se promener, et Dag en profite pour faire le clown.

François n'est pas de cet avis.

— Si Claude était allée faire un tour, elle aurait emmené Dago avec elle !

— Ça, c'est vrai ! renchérit Annie. Ces deux-là sont inséparables. Oh ! j'ai peur, François. Où est-ce qu'elle peut être passée ?

— Cherchons partout, suggère Mick. On sera vite fixés.

Ils commencent par appeler Claude, mais Dago ne leur permet pas de perdre de temps. Tirant François par un pan de son pyjama, puis bondissant devant lui, il se précipite sur le sentier de la crique. François, Mick et Annie, inquiets, le suivent.

Dès que les enfants ont constaté que le *Saute-Moutons* n'est plus là, ils comprennent que Claude a quitté l'île. Mais pourquoi n'a-t-elle pas emmené Dago ?

C'est alors que Mick s'aperçoit que le chien est tout mouillé.

— Dago était avec elle ! s'écrie-t-il. Mais il est revenu à la nage.

Les enfants se regardent, consternés. Ils devinent qu'une tragédie s'est déroulée à terre et que le brave Dagobert a fait la traversée uniquement pour leur donner l'alerte. François prend très vite une décision.

— Je me doute de ce qui s'est passé ! Claude a dû tenter de reprendre contact avec Mme Grant... et elle s'est sans doute mise dans une situation difficile. Il faut voler à son secours.

— Oui... mais comment ? murmure Mick désemparé tandis qu'Annie fond en larmes. On n'a plus de canot. On est prisonniers dans l'île !

François a un mouvement d'impatience.

— Ne dis pas de bêtises, Mick ! Ce que Dago a fait pour Claude, je peux bien le faire moi aussi ! Je vais nager jusqu'à la côte. Puis je reviendrai te prendre avec le canot et on ira à vélo jusqu'à *Ker-Armor*... !

— Je veux vous accompagner ! s'écrie Annie d'une voix tremblante de larmes mais tout de même ferme. Je peux être utile et Dago aussi !

— Ouah ! approuve Dagobert.

— Bon ! D'accord ! accepte François.

— Sois prudent, François ! supplie encore Annie.

— Promis ! Pendant ce temps, habillez-vous et tenez mes vêtements prêts... sans oublier les lampes de poche !

Maintenant, Dago remue la queue. Il regarde avec intérêt François s'enfoncer dans l'eau froide et s'éloigner à la nage. L'intelligent Dagobert comprend qu'on va au secours de Claude.

François trouve la mer moins glaciale que ce qu'il craignait. Il crawle vers le rivage, l'esprit préoccupé par sa cousine. Doit-il ou non alerter oncle Henri et tante Cécile ?

« Pas tout de suite ! se dit-il. Le père de Claude est si sévère ! On n'aura peut-être pas besoin de le mettre au courant ? »

Il reprend pied à côté de l'embarcadère des *Mouettes* et se félicite du brillant clair de lune qui lui permet d'apercevoir le *Saute-Moutons* amarré à deux pas de lui... Comme il s'y attendait, le vélo de Claude a disparu du hangar à bateaux.

Vivement, François saute dans le canot et se met à ramer vers l'île. Un instant plus tard, le *Saute-Moutons* reprend la direction de la côte avec, à son bord, François, Mick, Annie et Dago. Le chien, le museau tendu en avant, semble impatient d'arriver.

Une fois à terre, les trois Gauthier se dépêchent d'enfourcher leurs vélos et de filer sur *Ker-Armor*. Dag court silencieusement à côté d'eux. La brave bête ne sent pas la fatigue. Annie lui a séché les poils à l'aide d'une serviette et le chien n'a pas froid.

— On est sur la bonne voie ! décrète François au bout d'un moment. Regardez l'entrain de Dago ! On n'a qu'à se laisser guider par lui !

La petite troupe pédale ferme jusqu'à *Ker-Armor*. Là, les enfants mettent pied à terre. Déjà, Dagobert s'est précipité vers la grille et, regardant du côté du garage, lance un aboiement bref : « Ouah ! »

Une voix étouffée lui répond :

— Dag ! Dag ! Mon chien !

Mick pousse une exclamation, puis crie en retour :

— Claude ! Claude ! C'est nous ! Où es-tu ?

— Ici, dans le garage ! Vite, délivrez-moi !

François intervient :

— Si on continue à crier, on va réveiller Mme Grant, c'est certain... si ce n'est pas déjà fait... Claude, tais-toi !

Un long moment, après que le silence est retombé, les Cinq tendent l'oreille. Dans sa prison, Claude se rappelle avec espoir ce que lui a dit Mme Grant : « Tu peux crier, je ne t'entendrai pas ! » Peut-être la propriétaire de *Ker-Armor* est-elle un peu dure d'oreille ou dort-elle les fenêtres fermées !

Rassemblés devant la grille, François, Mick, Annie et Dago écoutent toujours. Mais, du côté de la villa, rien ne bouge. François pousse un soupir de soulagement.

— Bon ! Tout va bien ! Mais agissons en silence. Il faut tirer Claude de là !

Mick approuve :

— Je suis bien d'accord ; mais comment ?

— Réfléchissons...

— Il me semble, dit Annie, que la première chose est de faire la courte échelle pour escalader cette grille. Ce que Claude a peut-être fait avant nous, d'ailleurs.

— Dans ce cas, constate François, ça ne lui a pas porté chance. La preuve...

— Il y a peut-être une clôture électrique... une sonnerie... des pièges ! avance Mick.

— Cette grille n'est pas électrifiée, et si Claude avait été blessée par les mâchoires d'un piège, elle n'aurait pas cette voix claire. Mais ton idée de sonnerie me paraît bonne, Mick. Soyons prudents. Je vais escalader le premier et me laisser tomber dans l'allée, pas dans l'herbe. Au moins, là, on voit où l'on marche !

Grâce à cette précaution, et l'aide de son frère, François réussit sa performance. Une fois de l'autre côté de la grille, il invite Mick à le rejoindre.

— Toi, Annie, reste à l'extérieur avec Dago. Vous pourrez aller chercher du secours aux *Mouettes* si on est pris à notre tour.

Annie, peu rassurée, voit ses frères qui, arrivés dans le parc, suivent l'allée aboutissant au garage. Les garçons grattent à la porte.

— Claude ! C'est nous... Mick et François ! Est-ce qu'il y a une autre ouverture que cette porte ?

— Non, répond Claude. Pas la moindre issue ! Et cette porte est fermée à clé. J'ai trouvé des outils dans le coffre de la voiture de Mme Grant, mais je n'ai pas réussi à forcer la serrure.

— Zut ! fait Mick. Tu as une idée, François ?

Celui-ci réfléchit un moment, puis lève les yeux.

— Le toit du garage est en tuiles, constate-t-il. Si je réussis à en enlever quelques-unes, Claude pourra s'enfuir par là.

— Génial ! fait Mick à mi-voix.

François approche sa bouche de la porte :

— Claude !... Grimpe sur la voiture et frappe légèrement les tuiles, juste au-dessus de ta tête. On va te faire évader par le toit !

— Compris ! réplique Claude.

François demande de nouveau à son frère de lui faire la courte échelle et se hisse sur le toit du garage. Les tuiles sont larges, plates, faciles à déplacer. Le jeune garçon n'a pas grand mal à en retirer quelques-unes qu'il pose au fur et à mesure à côté de lui. Bientôt, à la clarté de la lune, il aperçoit le visage de sa cousine levé vers lui.

— Eh bien ! Tu t'es flanquée dans un joli pétrin ! Sans Dago qui est venu nous réveiller après avoir fait la traversée à la nage, tu risquais de mourir de vieillesse ici.

— Mon Dago ! murmure Claude. Et vous tous ! ajoute-t-elle en souriant avec émotion.

François se met à plat ventre sur le toit et aide sa cousine à se hisser à côté de lui.

— Et maintenant, dit-il, aide-moi à remettre les tuiles en place !

Claude pouffe.

— Je vois d'ici, chuchote-t-elle, la tête que fera Mme Grant en découvrant la cage vide. Elle trouvera la porte toujours fermée à clé et ne comprendra jamais comment l'oiseau s'est envolé !

Deux minutes plus tard, François et Claude rejoignent Mick. Annie les attend avec impatience de l'autre côté de la grille. Quand les deux garçons et Claude ont escaladé celle-ci, Dago s'élance sur sa petite maîtresse et la jette par terre dans sa joie. Claude l'embrasse avec fougue.

— Dag ! Dag chéri ! Tu m'as sauvé la vie ! Et vous aussi ! Merci ! Merci !

Elle exagère un peu, comme d'habitude, mais ses cousins ne pensent pas à le lui reprocher.

— Filons ! conseille François quand Annie, après Dago, a embrassé sa cousine. Tout en pédalant, Claude, tu nous raconteras ton aventure !

Claude et ses cousins enfourchent leurs vélos, puis ils s'éloignent de *Ker-Armor* à vive allure.

Avant un repos bien mérité, les enfants, cette nuit-là, tiennent conseil dans l'île. L'attitude de Mme Grant est commentée par chacun. Mais la fatigue obscurcit les raisonnements. Alors, la séance est reportée au lendemain...

Chapitre 7

L'enquête piétine

Le lendemain matin, au grand jour, les enfants, réconfortés par un savoureux chocolat chaud, discutent de la situation avec plus de lucidité que la veille.

Ils se sont réveillés assez tard et, remis de leurs émotions nocturnes, se sentent en pleine forme.

— Et maintenant, s'écrie François, faisons le point de la situation ! Tu as eu tort, Claude, de forcer la porte de Mme Grant. Je te rappelle qu'on avait décidé d'écrire. En revanche, ta mésaventure nous a permis d'obtenir indirectement le renseignement qu'on cherchait...

— Qu'est-ce que tu veux dire ? demande Annie, étonnée.

— Eh bien, on voulait bien savoir si Mme Grant possédait le fameux trésor convoité par Herman et compagnie, non ?

— Si, bien sûr !

— On est fixés maintenant. Claude a pu parler à Mme Grant et, bien que les conséquences aient été difficiles, cette conversation éclaire notre lanterne... Mme Grant ne possède pas les émeraudes ! Si elle les avait, elle n'aurait pas paru tomber des nues quand Claude a fait allusion à son trésor ! Elle a semblé croire que Claude inventait une histoire à dormir debout !

— C'est vrai ! reconnaît Mick. Il est donc inutile d'insister du côté de *Ker-Armor*. Ce n'est pas Mme Grant que les bandits veulent dépouiller !

François remarque que Claude ne dit rien. Assise sur un rocher, un bras passé autour du cou de Dago, elle semble plongée dans ses réflexions.

— Hé, Claude ! s'écrie François en souriant. Laisse ton nuage et redescends sur terre avec nous ! Tu n'as pas écouté un mot de la conversation.

— Mais si ! assure Claude. J'ai très bien entendu. Seulement... je ne suis pas tout à fait de votre avis.

— Comment ça ? demande Mick en ouvrant des yeux ronds.

— Je ne pense pas que la réaction de Mme Grant prouve qu'elle ne possède pas les émeraudes.

— Si elle les avait, fait remarquer Annie, elle se serait alarmée et aurait cru à notre histoire. Elle nous aurait remerciés de l'avertir d'un cambriolage.

— À moins, objecte Claude, qu'elle ne nous ait réellement pris pour de jeunes bandits chargés de lui tirer les vers du nez. Du coup, elle a fait semblant devant moi de tout ignorer du trésor. C'était le meilleur moyen de nous détourner d'elle !

Les jeunes détectives discutent encore un moment sans aboutir à aucune conclusion positive. François finit par déclarer :

— Je crois que le mieux est encore de procéder par élimination. Sur nos trois victimes possibles, on a déjà exclu Mme de Lérach. Mme Grant est, disons, « incertaine », et passons à Mme Labry. On verra bien ensuite !

— D'accord ! s'écrie Claude en se levant d'un bond. En route pour la ferme des *Hêtres* !

Les Cinq se rendent vite compte que l'affaire qui les occupe est décidément très délicate. Sur trois bandits, Claude n'en a aperçu que deux, dont on ignore à peu près tout. Les émeraudes sont introuvables. Et la victime reste inconnue !

— Si au moins les gens nous aidaient un peu, souligne Annie en pédalant avec ses compagnons sur la route des *Hêtres*, notre enquête serait plus facile !

Quand les enfants pénètrent dans la cour des *Hêtres*, une jeune employée qui sort de la laiterie leur apprend que « la patronne » ne reçoit personne : Mme Labry est avant tout une femme d'affaires ! Elle distribue leur tâche à ses ouvriers agricoles et se charge elle-même d'écouler les produits de sa ferme.

— Elle se prépare en ce moment à partir avec la camionnette pour livrer des œufs et des volailles. Si vous voulez la voir, téléphonez-lui pour prendre rendez-vous. Mais je doute qu'elle vous l'accorde, ajoute la fille en riant. Son temps est strictement réservé à ses affaires.

Au même instant, une voiture démarre dans la cour, une femme au volant.

— La voilà qui s'en va ! annonce la jeune fille.

— Hep, madame ! crie François en agitant les bras. Une minute, s'il vous plaît !

Le break ralentit à sa hauteur. La femme au volant tourne un visage maigre vers le garçon.

— Que voulez-vous ? questionne-t-elle d'un ton sec.

— Vous parler, madame, dit François. C'est important !

— Pas le temps ! réplique-t-elle brutalement.

Et, avant que les enfants soient remis de leur surprise, la fermière appuie sur l'accélérateur et disparaît dans un nuage de poussière.

— Eh bien ! bégaie Annie, stupéfaite. On ne peut pas dire qu'elle soit très aimable !

— Je vous avais prévenus, dit l'employée de la laiterie. Allez ! Il est temps que je reprenne mon travail !

Elle s'éloigne quand un ouvrier agricole apparaît à son tour. Il a une figure ronde et souriante.

— C'est la patronne que vous vouliez voir ? demande-t-il avec politesse.

— Oui, répond Claude, vexée par la façon dont Mme Labry les a reçus. On a quelque chose d'urgent à lui dire... dans son intérêt.

L'homme se met à rire.

— S'il s'agit vraiment de son intérêt, elle aurait dû vous écouter. Il n'y a pas plus intéressé qu'elle ! La patronne est riche mais aussi un peu avare, il faut bien le dire. Dans le coin, on raconte qu'elle possède beaucoup d'argent à la banque et un trésor dans sa cave. Ce trésor,

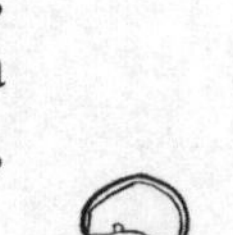

qu'elle croit ignoré de tous, c'est en réalité un secret de Polichinelle !

Soudain attentifs, les enfants cherchent à savoir en quoi consiste le soi-disant trésor de Mme Labry. Malheureusement, l'ouvrier ne peut leur en apprendre davantage. La « patronne » possède bien un trésor, mais personne n'en connaît la nature !

Quand les Cinq se retrouvent dans l'île de Kernach, vers midi, ils tiennent une grande réunion, face à la mer miroitante.

— Je crois, commence François, qu'on est à peu près fixés maintenant. La « dame du château », propriétaire des émeraudes et menacée par les bandits, n'est pas Mme de Lérach. Il y a peu de chances pour que ce soit Mme Grant, et il est bien plus probable qu'il s'agisse de Mme Labry.

— C'est certain, approuve Claude. Mais l'ennui, c'est qu'on ne peut pas entièrement éliminer Mme Grant. On a donc toujours deux « victimes » possibles. En attendant, il va falloir monter la garde autour de *Ker-Armor* aussi bien que des *Hêtres*. La suite de notre aventure ne s'annonce pas de tout repos !

Les jours suivants, les Cinq ont beaucoup à faire. La tâche est fastidieuse et, du fait même de l'incertitude concernant les « victimes », l'enquête piétine. Bien entendu, on n'a aucune nouvelle des bandits... Les Cinq, divisés en deux équipes, passent le plus clair de leur temps à surveiller les alentours de *Ker-Armor* et des *Hêtres* dans l'espoir de recueillir un indice.

Ils ont fait une nouvelle tentative pour s'expliquer avec Mme Labry. En vain. Elle refuse de les recevoir.

— Encore heureux qu'on ait le canot et nos bicyclettes pour circuler ! remarque Mick un matin, au petit déjeuner.

— Et que les pattes de Dago sont inépuisables ! ajoute Claude d'un air lugubre.

— Et aussi qu'on soit en vacances et libres de notre temps, complète François.

— Je commence à croire que cette histoire de bandits et de pierres précieuses est un mauvais rêve…, soupire Annie.

Les jeunes détectives sont très ennuyés. Le temps passe, et on est maintenant le 20 juillet. Il ne reste plus que dix jours avant « l'opération Émeraudes ». Les Cinq ignorent toujours qui est le mystérieux Marcel. Bien entendu, ils ne peuvent pas monter la garde nuit et jour autour des maisons Grant et Labry. Alors, ils craignent de laisser échapper une occasion de surprendre Herman ou Léon en train de rôder sur les lieux de leurs futurs exploits. Cela, en effet, les fixerait et leur permettrait peut-être, en plus, de suivre les bandits jusqu'à leur domicile !

Chapitre 8

Les Cinq en filature

Ce matin-là, Annie s'aperçoit que les provisions de l'île s'épuisent. Plus de chocolat en poudre, plus de beurre et presque plus de sucre ni de gâteaux secs !

— Il nous faut aussi des pommes de terre, des allumettes, quelques laitues et des œufs, déclare Annie. Et du fromage !

— Bref, un marché complet ! résume François.

— Allons faire des courses à Kernach ! propose Mick.

Claude pousse son *Saute-Moutons* à l'eau, et les Cinq s'embarquent avec leurs paniers. Aux

Mouettes, les enfants prennent leurs vélos puis filent sur la route, escortés de Dago.

Les étals pittoresques du marché de Kernach fournissent aux jeunes acheteurs ce dont ils ont besoin. Leurs emplettes terminées, les Cinq laissent leurs paniers pleins à la garde d'une marchande de fromages. Puis ils s'amusent à flâner un moment dans la foule, les mains libres.

— Quelle animation ! constate Mick.

En effet, les passants s'attroupent en riant autour d'une marchande de poissons en grande discussion avec un client rouge et gesticulant. Soudain, Claude est bousculée par un homme qui ne s'excuse même pas. Furieuse, elle se retourne pour lui faire la leçon mais s'arrête brusquement, pétrifiée. L'homme est maigre, avec des cheveux roux. Et sa silhouette rappelle celle – à peine entrevue – de Léon, le complice d'Herman !

Claude ravale les reproches qui lui montaient aux lèvres. Le rouquin, par bonheur, ne fait pas du tout attention à elle !

Claude se rapproche de ses compagnons.

— Vous voyez cet homme roux, là-bas ? leur chuchote-t-elle. Je ne peux pas le jurer, mais je crois bien que c'est Léon... l'un des bandits !

François, Mick et Annie sursautent. Claude est visiblement agitée. On voit bien qu'elle ne plaisante pas.

— Ça alors ! s'exclame François. Si tu ne te trompes pas, Claude, il ne faut surtout pas le perdre de vue. C'est le fil conducteur qu'on recherchait, celui qui nous lancera sur une piste valable.

— Oui ! approuve Mick avec enthousiasme. Suivons cet individu. Il nous mènera sans doute à Herman !

— À condition que ce soit bien Léon, rappelle Claude.

— Même s'il ne nous conduit pas à Herman, on découvrira au moins où il habite ! remarque Annie.

— À moins qu'il ne se déplace en voiture ! soupire Mick. Avec nos vélos, je ne nous vois pas pédalant aux trousses d'un bolide.

La foule s'est dispersée. Le rouquin traverse la place du marché pour se diriger vers un café dont la terrasse exposée au soleil s'ombrage de parasols multicolores. Le suspect s'assoit à l'une des tables déjà occupée par un autre client, un homme massif, à l'encolure de taureau et aux cheveux coupés en brosse.

— Herman ! chuchote Claude, vivement. Je ne m'étais pas trompée ! Voilà nos deux bandits ensemble ! La chance nous sourit enfin !

— Si on ne la laisse pas filer ! prévient François. Ou plutôt si on ne laisse pas filer ces deux malfaiteurs !

— Tu veux dire au contraire : « si on les file » ! conclut Mick en riant.

— C'est bien le moment de faire des jeux de mots ! s'exclame Annie. Comment s'y prendre pour suivre ces bandits sans être vus par eux ?

— Pour commencer, murmure Claude, j'aimerais bien entendre ce qu'ils sont en train de se dire... D'ailleurs, c'est facile ; il n'y a qu'à aller s'installer à côté d'eux ! Ils ne nous connaissent pas et ne se méfieront pas d'une bande d'enfants...

Alors, sans attendre l'avis de personne, elle se dirige avec Dagobert vers la terrasse du café. Ses cousins lui emboîtent le pas. Il y a justement une table libre à côté de celle d'Herman et de Léon. Les Cinq y prennent place.

Comme Claude l'a supposé, les deux hommes ne font pas attention à leurs jeunes voisins. Ils sont plongés dans une conversation à mi-voix. Leurs propos, pourtant, paraîtraient anodins à des oreilles non averties. Celles des enfants sont fines. Ils ne perdent pas un mot :

— Donc, c'est demain que Marcel arrive, Léon ! Tu es sûr ?

— Oui, m'sieur Herman. Il prendra ses fonctions aussitôt... un peu plus tôt que prévu.

— Dans ce cas, on pourrait peut-être avancer la date ?

— Non, m'sieur Herman, il ne vaut mieux pas ! Le 30, comme convenu, c'est bien préférable. Il y a moins de monde dans le coin, entre le départ des vacanciers de juillet et l'arrivée de ceux du mois d'août.

— Parle moins fort, Léon. Je ne suis pas sourd !

— Oui, m'sieur Herman. Je disais donc...

La voix du rouquin se mue en un murmure inaudible. Les jeunes détectives échangent des regards. Chacun se demande qui est Marcel et surtout quelles sont ces fameuses « fonctions ».

N'osant évidemment pas échanger leurs impressions de vive voix, ils ont l'idée de les noter sur de petits bouts de papier qu'ils se font passer les uns aux autres. N'importe qui les observerait s'imaginerait qu'il s'agit d'un simple jeu.

« *Marcel est peut-être un nouvel employé engagé récemment par Mme Grant* », suggère Mick.

« *Non*, griffonne François en retour. *Je penche plutôt pour un nouvel ouvrier agricole de la ferme des* Hêtres. »

« *Comment savoir ?* » écrit Annie.

« *En ne lâchant pas ces deux types d'une semelle !* » répond Claude d'un coup de stylo décidé.

La discussion en est là quand Herman et Léon se lèvent. François et ses compagnons, qui ont pris la précaution de régler en avance leurs limonades, en font autant. Ils quittent leur table avec discrétion.

— La chasse à l'homme est ouverte ! lance Mick d'un air faussement féroce.

— On ne devrait pas trop plaisanter ! répond son frère. C'est la partie la plus délicate de notre enquête qui commence.

Depuis un moment déjà, Dago montre de son côté qu'il reconnaît, à sa manière, Léon et Herman ! Claude lui avait fait renifler l'odeur des bandits le jour où elle les a aperçus. Maintenant, le poil légèrement hérissé et la truffe pointée en avant, Dag n'attend qu'un geste de sa maîtresse pour bondir... Mais Claude, au contraire, le retient et lui impose le silence.

— Plus tard, Dago ! Reste tranquille ! Ne nous fais pas remarquer !

Bien qu'un peu étonné, Dagobert obéit. Si on l'avait laissé faire, il aurait volontiers sauté à la gorge de ces hommes.

Jouant aux simples promeneurs, les Cinq se mettent à suivre Herman et son complice. Mais tout en jetant des coups d'œil aux étals du marché, ils ne perdent pas leurs proies de vue. Les deux bandits, eux, ne se pressent pas.

Après avoir traversé la place, ils s'engagent dans la rue principale de Kernach, toujours surveillés par les jeunes détectives. Là, ils se séparent sur une poignée de main. Herman entre dans un bureau de tabac tandis que Léon poursuit sa route.

François prend une rapide décision.

— Annie et moi, on va filer le rouquin, annonce-t-il. Les autres, ne lâchez pas Herman ! Rendez-vous au café le plus tôt possible. Les premiers arrivés attendront les autres.

— D'accord ! répond Claude. À tout à l'heure !

François et Annie s'éloignent derrière Léon. Claude et Mick, restés seuls avec Dago, feignent d'admirer les cartes postales exposées dans la vitrine de la boutique.

Léon marche d'un pas rapide. François, qui est pourtant grand pour son âge et possède de longues jambes, a du mal à le suivre. À ses côtés, Annie doit trotter pour ne pas se laisser distancer : elle commence à s'essouffler. François est ennuyé. Sa sœur ne tiendra pas longtemps à ce rythme. De plus, à marcher ainsi au pas de gymnastique, les enfants finiront par éveiller l'attention de leur cible.

François continue pourtant à avancer, sourcils froncés, en faisant mine d'être très pressé lui aussi, au cas où Léon se retournerait. Mais le rouquin ne se retourne pas une seule fois. De toute évidence, il est loin de se douter qu'il est suivi.

Derrière lui, François et Annie sortent du village. Annie, hors d'haleine, chuchote à son frère :

— Est-ce que ça va durer encore longtemps ? Jusqu'où est-ce que cet homme va nous entraîner ?

François se le demande aussi. Si Léon s'engage sur un chemin désert, il sera impossible de continuer la filature sans se faire remarquer.

Soudain, Léon s'arrête. Là, contre un arbre, une grosse moto est appuyée. Léon s'en approche, retire l'antivol et enfourche l'engin. François fait la grimace. Ce qu'il a redouté par-dessus tout va se produire !

— Impossible de le suivre ! soupire-t-il en s'arrêtant à son tour et en poussant Annie derrière une haie. Tout ce qu'on peut faire, c'est relever le numéro de sa moto !

Pendant ce temps, Mick, le nez collé à la vitrine du bureau de tabac, essaie d'apercevoir Herman à l'intérieur du magasin.

— Ne fais pas l'idiot ! grommelle Claude. Tu vas te faire repérer. Attends tranquillement qu'il sorte !

Cela ne tarde pas. Le gros homme surgit bientôt sur le seuil. Occupé à bourrer une courte pipe, il ne voit même pas les enfants. Dago gronde sourdement.

— Chut ! marmonne Claude. Pas de bruit !

Sans se presser, Herman remonte la rue. Claude et Mick n'ont aucune difficulté à le suivre. Il leur suffit de continuer à flâner en bavardant et en ayant l'air de s'intéresser aux vitrines.

Soudain, Herman disparaît sous le porche d'une maison de pierre. Claude se précipite.

— Vite, Mick, murmure-t-elle, regardons les boîtes aux lettres !

Tout de suite, les enfants trouvent ce qu'ils cherchent. Une carte de visite collée sur une boîte indique : *Herman Schwig, 2e étage.*

— Que ce soit son vrai nom ou un nom d'emprunt, on sait en tout cas qu'il habite ici ! s'écrie Claude, triomphante. Allons vite annoncer ça aux autres, Mick !

Les Cinq arrivent au café presque en même temps. François et Annie révèlent l'échec de leur mission, puis félicitent Mick et Claude d'avoir abouti de leur côté.

— Maintenant, conclut François, on sait où trouver l'un de nos suspects. Mais, comme on n'a aucune preuve contre lui, on est encore loin de pouvoir chanter victoire !

Chapitre 9

Aujourd'hui ou jamais !

Ce matin-là, Mick, lugubre, constate tout haut :

— Aujourd'hui, c'est le 28 juillet ! Et on n'est pas tellement plus avancés qu'au début ! Après-demain, Herman et Léon passeront à l'action et on ne sait pas à qui ces bandits s'attaqueront. Qu'est-ce qu'on peut faire ?

— Le plus simple, décide Claude, c'est de suivre Herman et de nous mettre à crier et à appeler au secours quand il cambriolera *Les Hêtres* ou *Ker-Armor* avec ses complices.

— C'est risqué…, remarque François.

— Moi, j'aurai peur, bégaie Annie.

— Poule mouillée ! lance Mick.

— Ne nous disputons pas ! conseille Claude. Le problème, c'est qu'Herman, qui paraît être le chef, peut très bien ne pas participer lui-même à l'expédition.

— Ce ne serait pas de chance, soupire Mick. On l'aurait surveillé pour rien !

— Le mieux, évidemment, aurait été de repérer Marcel, reconnaît Claude, puisqu'il semble que l'action ne puisse pas se déclencher sans lui. Enfin on a encore trois jours de répit devant nous. Un fait nouveau peut encore surgir et nous aider.

Claude ne croit pas si bien dire. En se rendant à Kernach pour expédier une pile de lettres que lui a confiées son père, elle est abordée par un petit facteur à la sortie du bureau de poste.

— Excusez-moi, lui dit-il poliment, mais je suis nouveau dans la région et j'ai deux courriers à distribuer dont je n'arrive pas à situer les destinataires. J'ai peur de me faire taper sur les doigts si je ne les livre pas !

Claude sourit. Le jeune homme à l'air sympathique.

— J'habite le village, répond-elle. Je peux certainement vous aider. Alors, donnez-moi les adresses !

Le garçon lit tout haut :

— *Yan Le Hédec, côte pavée*, et *Marcel Leduc, villa Morgane*.

Claude connaît un peu les destinataires des lettres et indique leur domicile au jeune facteur. Celui-ci la remercie, puis il ajoute en riant :

— Yan Le Hédec ! Ils ont de drôles de noms dans cette région, vous ne trouvez pas ? Marcel Leduc, ça sonne mieux à mes oreilles... peut-être parce que je m'appelle moi aussi Marcel ! Allez, il faut que je me sauve...

Il enfourche son vélo et s'éloigne en sifflant, laissant Claude pétrifiée au bord du trottoir.

— Ce garçon s'appelle Marcel, murmure-t-elle à son chien, tu as entendu, Dag ? Et il ne travaille à Kernach que depuis quelques jours ! C'est sûrement le mystérieux complice des bandits !

Le soir même, les Cinq, après une longue discussion, font le point de la situation.

— En mettant bout à bout tous les éléments du problème, déclare François, je crois qu'on peut prévoir l'action des bandits. Ils feront porter par Marcel un courrier à leur victime histoire de l'éloigner de sa demeure. Puis, profitant de son absence, ils la cambrioleront et s'empareront des émeraudes. C'est aussi simple que ça !

— Il ne nous reste qu'à filer Marcel à partir

de demain ! suggère Mick. On verra bien à qui il remettra sa lettre.

La journée du lendemain se passe dans la fièvre, pourtant elle n'apporte aucun résultat positif aux jeunes détectives. Les Cinq ont beau s'attacher aux pas de Marcel à tour de rôle, leur surveillance n'aboutit à rien.

Marcel distribue seulement quelques enveloppes, toutes adressées non pas à des femmes seules mais à des familles de vacanciers installées dans les villas de Kernach. À aucun moment il ne s'approche de *Ker-Armor* ni de la ferme des *Hêtres* qui, toutes deux, dépendent de la poste de Kernach.

— C'est à désespérer ! constate Annie ce soir-là, quand les Cinq se retrouvent après la fermeture du bureau de poste. À croire que rien ne va se passer !

— Ce qui serait rassurant, bougonne Claude. Seulement, on est certains du contraire !

Le lendemain, le 30 juillet, est marqué par un branle-bas de combat au camp des Cinq.

— C'est aujourd'hui ou jamais ! s'écrie Mick en se débarbouillant au ruisseau de l'île à grand renfort d'eau froide.

— J'espère qu'on pourra intervenir efficacement ce soir, déclare François en s'essuyant avec vigueur. Dommage qu'on sache encore si peu de chose sur les événements qui se préparent !

Quand le bureau de poste de Kernach ouvre ses portes, les Cinq sont déjà là depuis un bon moment. Il ne s'agit pas de manquer Marcel dont les allées et venues doivent être plus que jamais étroitement contrôlées.

En cette saison, le village est très animé, ce qui permet à celui des détectives chargé de filer Marcel de circuler dans son sillage sans être remarqué. Et comme Marcel se déplace à bicyclette, il n'est pas difficile de le suivre.

Ce matin-là, quand le jeune facteur paraît, Mick est le premier à le prendre en filature. Les autres attendent dans un petit café où, devant une tasse de chocolat et des croissants, ils occupent leur temps en jouant aux cartes.

Quand Mick revient, c'est pour annoncer :

— Rien à signaler ! Marcel a porté un courrier à un monsieur qui occupe les *Trembles* et un autre à une famille de pêcheurs, au port. C'est tout !

Claude se lève vivement.

— À mon tour de le suivre, dit-elle. À tout à l'heure !

Mais Marcel ne sort pas immédiatement du bureau de poste. Et quand il le fait, c'est pour distribuer une unique lettre, en plein centre de Kernach.

Le reste de la matinée, puis l'après-midi s'écoulent. À aucun moment Marcel ne prend la route du nord. À aucun moment il ne s'approche de *Ker-Armor* ni des *Hêtres*. Les Cinq sont consternés.

— On s'est certainement trompés, soupire François après l'heure de la fermeture. Marcel n'a rien à voir avec les bandits. C'est un autre Marcel, inconnu de nous, qui est leur complice. On a gaspillé un temps précieux en suivant ce pauvre facteur... et maintenant il est trop tard pour rectifier le tir.

— Je ne crois pas qu'on se soit trompés ! s'écrie Claude. Non, non ! Je suis sûre qu'on n'a pas gâché nos vacances à filer des gens et à surveiller des maisons ! Quelque chose me dit que la chance va enfin nous sourire !

— Eh bien, il faudra qu'elle se dépêche ! grommelle Mick, de mauvaise humeur. En attendant, il faut immédiatement coller aux trousses d'Herman puisqu'il est le seul fil conducteur qu'on tienne encore !

Malheureusement, Herman ne semble pas être chez lui. Mick a même le courage de sonner à sa porte pour s'en assurer.

— Plus de temps à perdre, décide François. Mangeons vite un morceau et allons monter la garde aux *Hêtres* et à *Ker-Armor*. C'est la seule solution qui nous reste pour intervenir à temps.

Une fois de plus, les Cinq se retrouvent sur la route du nord. Arrivés dans la « zone suspecte », ils se divisent en deux équipes, comme d'habitude : François et Annie vont se poster près des *Hêtres* ; Claude et Mick prennent le chemin de *Ker-Armor*.

Pour la première fois depuis le début de leur aventure, les Cinq manquent d'entrain. Ils se sont trompés en soupçonnant Marcel ! Ne se trompent-ils pas encore en surveillant les demeures Grant et Labry ?

Et même si quelque chose de grave se produit, comment parviendront-ils à faire échouer les bandits alors qu'ils sont divisés ? Deux enfants contre trois hommes, c'est peu !

« Ah ! songe Claude. Si seulement les "victimes" s'étaient montrées moins méfiantes et plus compréhensives ! »

François et sa sœur attendent dans l'ombre. Tous deux sont découragés. L'aîné est blotti derrière un buisson proche des *Hêtres*. À son côté, Annie change de position. Une brindille craque sous ses pieds.

— Ne fais pas de bruit, recommande son frère. Tu vas nous faire repérer.

— Je me demande bien par qui ! soupire Annie en frissonnant un peu. Il n'y a personne !

C'est vrai. La nuit est complètement tombée. Les ouvriers agricoles de Mme Labry ont tous quitté la ferme. Celle-ci semble endormie.

François et Annie attendent, oui... mais quoi au juste ? L'attaque des bandits sera-t-elle vraiment dirigée contre *Les Hêtres* ? L'incertitude et aussi un vague sentiment d'impuissance les paralysent, leur retirant tout entrain. Eux, d'habitude si dynamiques et enthousiastes, se morfondent dans le noir. Ils n'ont même pas peur.

— Quel ennui ! murmure enfin Annie. On n'y voit pas grand-chose. J'ai l'impression qu'on est trop éloignés de la ferme pour que notre surveillance soit efficace. Si on se rapprochait un peu ?

— Ce n'est pas prudent, réagit François, surpris de l'audace inhabituelle de sa sœur. Mais essayons toujours !

François et Annie se postent en bordure du fossé qui fait face au portail des *Hêtres*. Mais, à travers l'épais buisson qui les protège, ils y voient très mal.

— Le mieux, estime François, serait encore de nous faufiler dans la cour de la ferme. Je distingue une grande charrette du côté des poulaillers. On pourrait se glisser dessous...

Annie n'est qu'à demi rassurée mais, comme c'est elle qui a proposé de se déplacer, elle n'ose pas protester.

— Très bien. Je te suis !

Sans bruit, François commence à avancer dans l'ombre. Il traverse le chemin, courbé en deux, Annie sur ses talons.

Le portail des *Hêtres* est fermé et, en principe, le solide treillage qui clôture les bâtiments achève de protéger la ferme. Pourtant, à force de rôder autour du domaine pour en surveiller les abords, François et Annie ont découvert un endroit où le grillage est en partie arraché. Il n'est pas difficile de se faufiler à travers cette brèche.

Le frère et la sœur se retrouvent bientôt dans la cour. Autour d'eux, tout est silencieux.

— Voilà la charrette ! chuchote François. Rampons dessous !

— Hum ! On va se salir, murmure Annie. Cachons-nous plutôt derrière ces cabanes...

— Tu es folle ! Ce sont les poulaillers ! Si par malheur...

Mais il est trop tard ! Annie s'avance déjà sans grandes précautions vers ce qu'elle appelle « les cabanes ». Son pied bute contre un obstacle invisible. Elle trébuche, tombe en avant, mains tendues... en plein sur la porte du poulailler ! Immédiatement, un coq réveillé en sursaut lance à plein gosier un claironnant « Cocorico ! » d'alarme.

Son cri est suivi d'un vacarme indescriptible. Les poules, réveillées à leur tour, se mettent à s'agiter comme des diablesses. Elles caquettent, piaillent, battent des ailes. C'est un boucan à réveiller les morts.

— C'est pas vrai ! s'exclame François, affolé. Il ne manquait plus que ça ! Mme Labry va nous tomber dessus ! Filons d'ici, et en vitesse ! Si seulement ce coq voulait bien arrêter de hurler !

Annie, prise de panique devant la tempête qu'elle a déclenchée, s'accroche au bras de son frère qui l'entraîne rapidement vers la brèche.

Mais les enfants n'ont pas le temps de s'enfuir... Déjà une vive lumière les éclaire tandis que deux hommes, menaçants, se précipitent vers eux.

— Ha, ha, bande de vauriens ! On vous y prend !

— Vous pensiez sans doute qu'on ne vous avait pas remarqués depuis le temps que vous rôdiez autour de la ferme !

Ils ont empoigné François et Annie, et les secouent brutalement. Tous deux parlent à tour de rôle, sans laisser à leurs prisonniers le temps de s'expliquer :

— Vous êtes passés par la brèche, pas vrai ? Comme si Mme Labry était le genre à permettre qu'on s'introduise dans sa propriété ! C'est elle qui vous a repérés la première et qui nous a demandé de creuser cette brèche.

— Elle voulait vous faciliter les choses, pour vous pincer plus vite, la main dans le sac.

— Ou plutôt dans le poulailler ! C'est à ses volailles que vous en vouliez, bien sûr !

— Mais pas du tout ! proteste enfin François, indigné. On n'est pas des voleurs !

— Et comment appelez-vous les gens qui se faufilent de nuit dans les poulaillers ?

— Les poules ne nous intéressent pas ! s'écrie François. Ma sœur a simplement réveillé la basse-cour en trébuchant sur une pierre.

— Et qu'y faisiez-vous, dans cette basse-cour ? questionne soudain la voix de Mme Labry.

La fermière vient de surgir et s'avance vers eux.

— Vous êtes de jeunes voleurs sans grande expérience, visiblement ! lance-t-elle d'un ton méprisant. Quand vous avez cherché à me parler, l'autre jour, j'ai tout de suite flairé quelque chose de louche. Et quand je vous ai revus en train de fouiner aux alentours, j'ai bien compris que vous prépariez un mauvais coup. Alors j'ai demandé à deux de mes ouvriers agricoles de faire le guet ici durant quelques nuits. Je pensais bien que vous finiriez par vous introduire chez moi et par vous faire prendre !

Les yeux de François brillent de colère. S'être donné tant de mal pour chercher à protéger cette femme qui les accuse maintenant !

— Vous faites erreur, madame ! s'écrie-t-il. On n'est pas des voleurs ! On était simplement ici pour vous défendre en cas d'agression. Des bandits complotent contre vous... du moins c'est ce qu'on croit... L'attaque est prévue pour cette nuit. L'autre jour, on était venus pour vous prévenir !

Annie est au bord des larmes. Elle se rappelle qu'une mésaventure similaire est arrivée à Claude quelques jours plus tôt. Et voilà qu'aujourd'hui, elle se trouve à son tour dans le pétrin ! Cette histoire de bandits menace de tourner au désastre.

Faisant un gros effort, elle parvient à bégayer :

— On... on n'a aucune intention malhonnête, je vous le jure !

— Je ne vous crois pas, déclare froidement la fermière. Je vais téléphoner aux gendarmes qui se chargeront de vous interroger.

François est désespéré. La menace des gendarmes ne le trouble pas tellement. Quand on saura qui il est, on ne pourra pas l'accuser d'avoir voulu chiper les poulets de Mme Labry.

En revanche, la lumière qui inonde la cour et les éclats de voix qui troublent le silence de la nuit risquent de faire fuir Herman et ses complices s'ils sont déjà dans les parages. Les bandits renonceront à leur mauvais coup, c'est certain ! Alors, plus aucun espoir de les capturer !

François s'efforce donc de convaincre au plus vite Mme Labry du danger qui la menace.

— Dites à vos employés de reprendre leur surveillance ! dit-il. S'il n'est pas trop tard... si on n'a pas effrayé les cambrioleurs, ils tomberont peut-être encore dans le piège !

Mme Labry lui éclate de rire au nez.

— Quel esprit inventif, mon garçon ! s'écrie-t-elle. Allons ! Tu raconteras tout à l'heure ton histoire aux gendarmes. Nous verrons s'ils veulent bien te croire !

Et, malgré les protestations des enfants, elle les fait conduire à l'intérieur de la ferme d'où elle téléphone à la gendarmerie... À l'autre bout du fil, le brigadier de garde lui répond que ses hommes et lui-même seront là dans moins d'un quart d'heure pour interroger les jeunes voleurs et leur arracher la vérité.

— Après quoi, déclare le brigadier, nous embarquerons ces gamins et vous pourrez dormir tranquille.

Chapitre 10

La lettre piégée

Pendant ce temps, près de *Ker-Armor*, Claude, Mick et Dago attendent, immobiles dans l'ombre, qu'un événement se produise...

Mick a presque perdu l'espoir qu'une attaque contre Mme Grant se déclenche. Claude, en revanche, se mordille les ongles d'impatience. Elle sent, d'instinct, que l'heure décisive va sonner... Soudain, Dago se raidit. Claude lui caresse doucement le museau pour lui imposer silence.

— Attention, Mick ! murmure-t-elle dans un souffle. Quelqu'un vient !

Une ombre, en effet, se profile sur le sentier... Mais deux autres ne viennent-elles pas de se perdre dans les buissons ?

— Attention, Mick ! répète Claude.

Mick regarde l'ombre qui s'avance et reste stupéfait. Celui qui s'approche n'est autre que Marcel, le jeune facteur ! Alors, Claude ne s'est pas trompée ! C'est bien lui, le complice d'Herman et Léon ! Et c'est bien contre Mme Grant que l'attaque sera être dirigée !

Claude et Mick se figent dans l'obscurité. Leur cœur bat à grands coups. Que va-t-il se passer au juste ?

Marcel se dirige vers la grille... et sonne ! Une ampoule s'allume au-dessus du perron. Mme Grant apparaît.

— Qui est là ? demande-t-elle.

— Courrier urgent, m'dame !

En grommelant, Mme Grant descend les marches et se dirige vers le portail, s'enveloppant frileusement dans sa robe de chambre. Méfiante, elle examine Marcel. N'importe qui, bien sûr, peut porter une sacoche siglée « La Poste ». Mais seul un vrai facteur peut distribuer le courrier.

— Attendez ! dit-elle. Je vais vous ouvrir.

Tandis qu'elle va chercher la clé de la grille, Mick et Claude se regardent. Ils comprennent que Marcel a pour mission non pas d'éloigner Mme Grant comme ils l'ont cru, mais de l'obliger à lui ouvrir la grille.

Que faire ? Crier à Mme Grant de se méfier ? Mais si elle ne les croit pas ? Et puis, alors, c'est à eux que les bandits s'en prendront ! Non, mieux vaut attendre et guetter le bon moment pour intervenir... Mme Grant reparaît, clé à la main. Elle ouvre la grille et... les événements se précipitent avec une telle rapidité que Claude et Mick en ont le souffle coupé.

À peine la propriétaire de *Ker-Armor* a-t-elle ouvert à Marcel que celui-ci lui jette une couverture sur la tête. Au même instant, Herman et Léon jaillissent de l'ombre et se ruent sur elle. En un tournemain, ils la ligotent, puis l'entraînent vers la villa. La voix grave de Léon parvient aux enfants :

— Désolé, ma p'tite dame, mais le ficelage est nécessaire. Avouez que vous ne vous attendiez pas à ça ! Allons, arrêtez de me taper dans les tibias !... Vous pensiez être protégée par votre système d'alarme, pas vrai ? Mais on est malins ! Et puis, on voulait entrer par la grande grille, sans effraction.

— Tais-toi, Léon ! jette Herman. Aide-moi plutôt.

Mick et Claude voient le sinistre trio disparaître avec leur victime à l'intérieur de la villa.

Claude réfléchit rapidement.

— Écoute, Mick ! chuchote-t-elle à son cousin. Il n'y a pas à hésiter. Saute sur ton vélo et pédale sans t'arrêter jusqu'à la gendarmerie. Revenez en force ! C'est le seul moyen de sauver Mme Grant et ses émeraudes !

Mick paraît perplexe.

— Mais toi, qu'est-ce que tu vas faire ?

— Je reste ici, avec Dago, pour surveiller les bandits. Si par hasard ils s'en vont avant ton retour et l'arrivée des gendarmes, eh bien, je tâcherais de les suivre.

— C'est dangereux.

— Je verrai bien.

— Ils sont peut-être motorisés !

— Je n'ai entendu aucun bruit de moteur. Oh ! Et puis, assez discuté ! File ! Et pédale le plus vite possible ! Dago est là pour me défendre si nécessaire.

Mick n'hésite plus. Il saute sur sa bicyclette et s'éloigne à toute allure.

Restée seule, Claude ne peut résister à la tentation... Au lieu de rester à l'abri des arbres, elle quitte sa cachette et se dirige avec précaution vers la grille.

Bien qu'elle tende l'oreille et ouvre l'œil, elle n'entend et ne voit rien. La villa, silencieuse, semble de nouveau dormir. Les bandits ont éteint la lampe du perron. Il fait très noir. Claude s'inquiète. Et si le trio filait avec les émeraudes avant l'intervention des gendarmes ?

Mick, sur la route, pédale comme un enragé. L'idée de savoir sa cousine seule si près des bandits ne lui plaît pas du tout.

« Les gendarmes me prendront sans doute avec eux dans leur voiture, se dit-il. On sera à *Ker-Armor* en un rien de temps. L'essentiel, c'est de vite arriver à Kernach ! »

Le poste de gendarmerie se trouve un peu à l'écart du village. Mick y parvient, trempé de sueur, essoufflé mais triomphant. Il a fait le trajet en un temps record ! Malheureusement, le destin lui joue un très mauvais tour : il a beau sonner, puis frapper à la porte, personne ne lui répond. Que se passe-t-il donc ?... Il continue à faire du bruit pour qu'on lui ouvre, quand, non loin de lui, un volet claque. Mick lève la tête et aperçoit un homme qui se penche à la fenêtre de la maison voisine.

— Qu'est-ce que tu veux, jeune homme ?

— Je souhaite parler au brigadier de gendarmerie, monsieur. Mais on dirait qu'il n'y a personne.

— Inutile de te fatiguer plus longtemps. Le brigadier et ses hommes ont été appelés d'urgence à la ferme des *Hêtres*. J'étais là quand Mme Labry, la fermière, a téléphoné. C'est comme ça que je le sais.

— *Les Hêtres*... Mme Labry... ? répète Mick qui se sent soudain mal à l'aise. Mais pourquoi ?

— Des voleurs de poules, paraît-il. Si tu veux rencontrer les gendarmes, il faut que tu pédales jusque là-bas. Bonne chance !

Le volet se referme. Mick reste un moment immobile, comme pétrifié. La tête lui tourne. Décidément, cette nuit-là, la malchance le poursuit. Les gendarmes absents... appelés aux *Hêtres*...

Et puis, Mick se secoue. Serrant les dents, il bondit de nouveau en selle et reprend le chemin par lequel il est venu. Seulement, une fois à l'embranchement où s'amorce la route conduisant à *Ker-Armor*, il tourne à gauche, en direction des *Hêtres*.

Arrivé en vue de la ferme, Mick s'aperçoit que toutes les lumières sont allumées. Il songe que François et Annie doivent continuer à faire le guet, bien que ce soit inutile. Lui-même n'a pas le temps de les chercher. Le plus urgent est d'alerter les gendarmes.

Mick met pied à terre en catastrophe et se rue à l'intérieur du bâtiment de ferme dont la porte grande ouverte semble l'inviter à entrer. Mais, au seuil de la salle, il s'arrête soudain, effrayé... Quel choc ! Les gendarmes sont bien là, mais ce sont François et Annie qui sont devant eux, en position d'accusés !

— Annie ! François ! s'écrie Mick en se précipitant. Qu'est-ce qui se passe ?

— On nous accuse d'avoir voulu voler des poules ! répond François avec un sourire froid. C'est ridicule !

— Oh ! Mick ! Dis vite qui nous sommes ! supplie Annie en pleurant.

Le brigadier se tourne vers Mick en fronçant les sourcils

— Et vous, jeune homme, qui êtes-vous ? demande-t-il.

Il faut pas mal de temps à Mick pour débrouiller le malentendu. Un moment, il croit bien que les gendarmes vont l'arrêter lui aussi ! Enfin, comme son histoire concorde avec celle de son frère et de sa sœur, le brigadier finit par lui prêter une oreille attentive.

Mme Labry elle-même l'écoute avec intérêt. Le jeune garçon lui semble sincère.

— S'il vous plaît ! lance-t-il aux gendarmes. Il faut me croire. Vous pensez que je serais venu me fourrer dans la gueule du loup si je ne disais pas la vérité ? Allons vite à *Ker-Armor*. Ma cousine Claude Dorsel est peut-être déjà en difficulté, et Mme Grant l'est à coup sûr ! Vous aurez une occasion unique d'arrêter un beau trio de bandits !

Dès lors, les gendarmes n'hésitent plus. Ils prennent rapidement congé de Mme Labry et, emmenant les trois enfants en voiture avec eux, s'en vont à vive allure dans la direction de *Ker-Armor*...

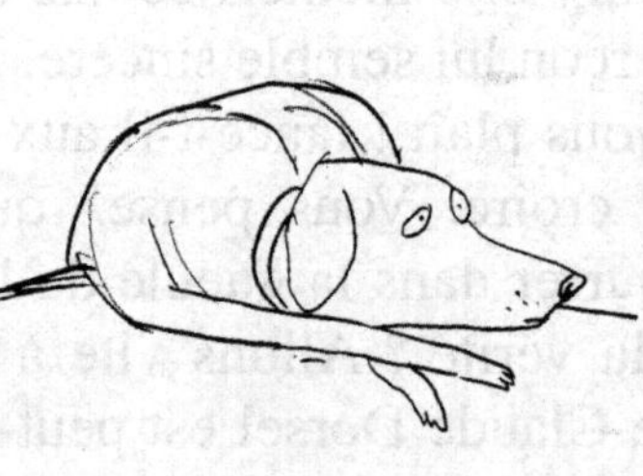

Chapitre 11

Des émeraudes pour Claude

Mais avec tous ces retards, un temps précieux a été gaspillé.

Claude, bouillant d'impatience à son habitude, n'a pas pu rester longtemps tranquille. Après avoir quitté son refuge, elle est parvenue à la grille de *Ker-Armor*, que les bandits n'ont pas pris la peine de fermer derrière eux. Puis, n'y tenant plus, elle se faufile par l'entrebâillement, Dago sur ses talons. Son cœur bat à grands coups mais elle n'a pas peur.

Sa curiosité la pousse en avant. Claude s'arrête à quelques mètres de la façade de *Ker-Armor*. Elle est maintenant assez près pour se rendre compte qu'une lueur filtre entre les doubles rideaux d'une fenêtre du rez-de-chaussée.

Dago s'immobilise à côté de sa maîtresse, tous les sens en éveil. Claude prend une profonde inspiration et souffle :

— Viens, Dag ! Partons en reconnaissance !

Elle s'approche encore et parvient sous la fenêtre de la pièce éclairée. Grimpant avec mille précautions sur la bordure en ciment d'une plate-bande, elle hausse son visage jusqu'à la fente lumineuse qui lui permet de plonger son regard dans la salle...

Ce qu'elle voit alors provoque en elle une violente émotion... Herman, Léon et Marcel sont là, réunis autour d'une chaise sur laquelle se trouve ligotée Mme Grant !

La fenêtre n'est pas fermée. Claude entend la propriétaire de *Ker-Armor* parler d'une voix ferme.

— Vous êtes des lâches ! dit-elle aux bandits. Vous mettre à trois pour attaquer une femme !

— Nous ne sommes pas ici pour discuter ! jette Herman. Où se trouve le coffre contenant vos précieuses émeraudes ?... Répondez !

— Je ne sais pas à quoi vous faites allusion, répond Mme Grant, d'un ton méprisant. Je vous ordonne de me libérer et de quitter les lieux immédiatement !

Léon éclate d'un rire insolent.

— Inutile de crâner, ma p'tite dame ! déclare-t-il. On est bien informés. On sait à coup sûr que vous gardez chez vous un coffret plein des célèbres émeraudes que la reine Victoria d'Angleterre a, autrefois, remises à l'un de vos ancêtres. Vous voyez qu'on ne peut rien nous cacher ! Allons... Où se trouve ce coffret ?

— Puisque vous êtes si bien renseignés, réplique Mme Grant, vous devriez savoir où il est ! Cherchez-le vous-mêmes !

« Bravo ! songe Claude. Cette femme a du cran ! Si Dago voyait la tête des bandits ! C'est très drôle ! »

Dans l'ombre, Dagobert remue la queue, prêt à bondir si Claude lui en donne l'ordre. Dans la pièce où se joue le drame, Herman pousse un grognement de rage.

— Si vous ne nous révélez pas la cachette aux émeraudes, menace-t-il, vous le regretterez.

— On saura vous obliger à parler ! ajoute Marcel.

— Eh bien, essayez ! riposte Mme Grant d'une voix claire.

— Vous êtes têtue, mais nous aussi ! glapit Léon.

— Assez parlé ! décide Herman. On va fouiller la villa ! Mais si on ne trouve rien, gare à vous !

Claude voit les trois hommes quitter la pièce. Bien entendu, ils commenceront par la chambre de leur victime, située à l'étage.

— Mon Dago, chuchote Claude, c'est le moment d'intervenir ! Reste ici ! Moi je passe de l'autre côté.

Joignant le geste à la parole, elle escalade la fenêtre aussi silencieusement que possible. Elle voit Mme Grant la fixer d'un œil rond. Claude porte un doigt à ses lèvres.

— Chut ! dit-elle. Ne faites pas de bruit !

— Isolée comme je le suis ici, répond Mme Grant avec une froide ironie, je pourrais hurler sans que personne m'entende. Ces bandits le savent bien puisqu'ils ne m'ont pas bâillonnée. Tu es leur complice, je suppose ! J'avais bien raison de me méfier de toi !

— Chut, madame ! Parlez moins fort ! Vous vous trompez, assure Claude. Je vous ai dit la vérité l'autre jour, mais vous avez refusé de me croire.

Mme Grant regarde Claude droit dans les yeux. Brusquement, elle comprend que la jeune fille dit la vérité. Quelques jours plus tôt, elle a traité Claude en ennemie alors que celle-ci ne souhaitait que son bien. Désolée, elle murmure :

— Je te crois maintenant. Mais il est trop tard. File vite ! Ces malfrats pourraient te surprendre.

Claude sourit. Elle n'est pas effrayée.

— Je reste au contraire, affirme-t-elle. Je suis venue ici exprès pour vous délivrer. Courage ! Mon cousin Mick est allé prévenir les gendarmes. J'espère qu'ils ne tarderont pas...

Tout en parlant, elle a sorti un canif de la poche de son pantalon. Elle s'avance vers Mme Grant, prête à couper les liens qui la retiennent à son siège.

— Une minute ! intervient Mme Grant. Attends un peu !

Claude, surprise, s'immobilise, son couteau en l'air.

— Quoi ! s'exclame-t-elle tout bas. Vous ne voulez pas que je vous libère ?

— Non ! J'ai une meilleure idée ! chuchote Mme Grant en retour. Tu dis que ton cousin est allé chercher les gendarmes... Les bandits sont ici pour voler mes émeraudes. S'ils arrivent à mettre la main dessus, ils prendront immédiatement la fuite. Seulement, je désire non seulement sauver mes pierres précieuses, mais aussi faire arrêter ces hommes... Il ne faut pas qu'ils se doutent de ta présence... Tu vas prendre mes émeraudes et filer avec ! Pendant ce temps, ils fouilleront partout. Comme ils ne trouveront rien, ils reviendront ici pour m'interroger et inspecter cette pièce. Tout cela prendra du temps. J'espère pouvoir les retenir jusqu'à l'arrivée des renforts. Seulement... c'est assez risqué. J'hésite à t'indiquer la cachette du trésor...

— De peur que je ne le vole ? demande Claude en souriant avec malice.

— De peur qu'ils ne te surprennent, rectifie Mme Grant en soupirant.

Claude s'empresse d'apaiser les scrupules de Mme Grant.

— Ne vous inquiétez pas, dit-elle. Je serai plus silencieuse qu'une ombre. Je suivrai vos instructions à la lettre. Ayez confiance !

Mme Grant hésite encore. Elle ne veut pas faire courir d'inutiles dangers à Claude. Celle-ci s'impatiente.

— Le temps presse, rappelle-t-elle. Si on doit agir, il faut faire vite. Je suppose que votre coffret n'est pas dans votre chambre. J'entends Herman et ses complices s'agiter là-haut.

Mme Grant se décide brusquement.

— Tu as raison, acquiesce-t-elle. Tant qu'ils sont occupés ailleurs, Tu as le temps d'agir... Mon coffret, en effet, ne se trouve pas dans ma chambre. Il est caché au grenier, sur une des poutres, à gauche, en entrant. Tu n'auras aucun mal à le trouver... L'escalier du grenier est une sorte d'échelle assez raide, que tu apercevras au fond du couloir, près de la porte de la cuisine. Mais fais attention à ne pas être surprise. S'il t'arrivait quoi que ce soit, je ne me le pardonnerais jamais.

Puis elle ajoute en souriant :

— Quand les bandits me trouveront encore ficelée sur ma chaise, ils ne se douteront pas que je leur ai joué un tour. Allons ! Maintenant, pars vite !

Claude quitte la pièce. Mais, avant de se diriger vers le fond du couloir, elle court à la porte d'entrée sur la pointe des pieds et l'ouvre. Elle n'a pas besoin d'appeler Dagobert ! Le chien est déjà là ! Il suit sa maîtresse sans bruit. Tous deux, à pas de loup, entreprennent de grimper au grenier.

L'ascension n'est pas facile. L'escalier de bois a tendance à gémir sous le poids, pourtant léger, de Claude. Enfin, la fillette et Dagobert arrivent en haut. Claude pousse la porte qui cède avec un faible grincement. Elle tend l'oreille : les bandits poursuivent leur fouille au premier étage.

Claude allume la lumière et regarde autour d'elle. Le grenier contient des malles, des boîtes,

des cartons empilés. Tout est rangé, bien en ordre. Des poutres solides sont visibles sous les tuiles du toit. Suivant les instructions de Mme Grant, Claude va chercher dans un coin un petit escabeau qu'elle dresse près de l'entrée, à gauche. Puis elle grimpe dessus. Attentif, Dago suit ses moindres mouvements.

Claude passe lentement sa main sur la partie supérieure de la grosse poutre. Soudain, elle étouffe un cri de joie.

— Victoire, Dag ! Je l'ai !

Elle descend de son perchoir, assez émue, tenant la jolie boîte vernie qu'elle vient de trouver.

D'une main un peu tremblante, elle l'ouvre... et en tire un magnifique bijou qui, à la faible lumière de l'ampoule du grenier, brille de mille feux. Il s'agit d'un splendide collier d'émeraudes. Sans doute l'ancêtre de Mme Grant a-t-il fait monter les pierres de la reine Victoria pour les offrir à une femme de sa famille... peut-être sa propre épouse ?

— Quelle merveille ! murmure Claude, admirative. Tu as déjà vu quelque chose d'aussi beau, Dag ? Allez, dépêchons-nous de mettre ce joyau en sûreté.

Mais, au même instant, elle entend les bandits qui montent !

Claude, debout près de la porte, a une minute d'affolement. Elle ne peut pas s'y tromper : de lourds pas d'hommes ébranlent les marches de bois conduisant au grenier.

Les bandits ont dû entendre la fillette et viennent voir ce qui se passe. Dagobert, le poil hérissé, commence à gronder en direction de la porte. Claude regarde autour d'elle, cherchant des yeux une issue par où elle pourrait s'enfuir. Mais elle ne voit rien, sinon, au-dessus de sa tête, une lucarne, trop haute pour qu'elle puisse l'atteindre, même en utilisant l'escabeau. Et puis, elle n'a pas le temps ! Que faire ?

Chapitre 12

Le collier de Dagobert

Les bandits gravissent l'escalier sans prendre la moindre précaution.

— Je vous dis que j'ai entendu du bruit de ce côté, dit Marcel. J'ai l'ouïe fine. Et, tenez ! Il y a de la lumière dans ce grenier.

— Quoi ! grogne Léon. Mme Grant n'est donc pas seule dans la maison ?

— Laissez-moi passer ! ordonne Herman.

Il est le premier à franchir le seuil du grenier. À cette minute précise, un chien énorme manque de le renverser en lui filant entre les jambes. Herman peste tout haut, puis éclate de rire.

— Allons ! s'écrie-t-il. Ce n'est pas bien grave ! Ce n'est qu'une gosse toute seule !

— Je la reconnais ! ajoute Marcel en s'avançant. C'est une gamine de Kernach. Qu'est-ce qu'elle fait donc ici ?

— Elle est peut-être de la famille de Mme Grant ? avance Léon.

Mais Herman aperçoit soudain l'escabeau, sous la poutre. Son visage s'épanouit.

— Peu importe ! dit-il. Je crois plutôt, moi, que cette petite voulait elle aussi récupérer les émeraudes. Elle a été plus maligne que nous ! Elle les a trouvées la première. Regardez ce coffret, sur le sol...

La scène parle d'elle-même aux bandits... Ils ont sous les yeux Claude, agenouillée sur le sol poussiéreux du grenier, avec la boîte vernie fermée devant elle, près de l'escabeau toujours dressé sous la poutre.

— Tu as déniché ce coffret sur cette poutre, pas vrai ? questionne Herman. Allons ! Donne-le-nous !

Claude ramasse vivement la boîte et la serre contre elle.

— Vous ne l'aurez pas ! jette-t-elle d'un ton de défi.

— C'est ce qu'on va voir ! Ton chien n'est même pas resté pour te défendre. Il a fui en flairant le danger. Parce qu'on peut être dangereux si on nous contrarie, tu sais... Allez, donne !

Herman s'avance et, malgré la résistance de Claude, lui arrache le coffret. Puis il soulève le couvercle. Léon et Marcel tendent le cou... l'intérieur est vide !

Herman lève sur Claude des yeux flamboyants.

— Où sont passées les émeraudes ? tonne-t-il. Donne-les-nous ou gare à toi !

— Les émeraudes ! Quelles émeraudes ? répond Claude d'un air ahuri.

— Ne te moque pas de nous ou tu le regretteras. Et vous, fouillez partout ! Elle n'a pas pu cacher les pierres bien loin !

Tandis que Marcel oblige Claude à retourner ses poches, Herman et Léon se mettent à fouiller le grenier de fond en comble. Ils démolissent les piles de cartons, inspectent le contenu des malles et les moindres recoins. Sans succès ! Ils ne trouvent rien !

Alors Herman, menaçant, revient vers Claude.

— Où sont les émeraudes ? répète-t-il, l'œil mauvais.

— Le coffret était vide quand je l'ai trouvé ! déclare Claude.

— C'est toi qui le dis... Mais j'en aurai le cœur net. Tu vas nous suivre en bas. Mme Grant finira bien par nous renseigner.

Herman, tenant Claude par le bras, lui fait descendre l'escalier du grenier. Au rez-de-chaussée, Mme Grant a entendu les cris et les bruits de pas. Aussi, elle n'est pas étonnée de voir paraître Claude encadrée par Marcel et Léon. Tout de même, elle pâlit un peu.

Herman, visiblement hors de lui, s'avance.

— Cette fille a trouvé au grenier une boîte, mais sans la moindre trace d'émeraudes à l'intérieur, annonce-t-il.

Mme Grant cache soigneusement sa surprise. Décidée à protéger Claude autant qu'elle le peut, elle invente aussitôt une explication.

— Bien sûr ! dit-elle en ricanant. Cette enfant fait partie de votre bande. Elle m'a suppliée de lui indiquer la cachette au trésor, mais je l'ai lancée sur une fausse piste. Ne comptez pas sur moi pour parler !

Léon réplique avec véhémence :

— La gamine n'a rien à voir avec nous ! Mais on se doutait bien qu'elle volait aussi !

— C'est évident ! grommelle Marcel. On l'a surprise agenouillée devant le coffret vide. Elle n'aurait pas eu le temps de cacher les pierres, bien sûr !

Convaincu lui aussi que Claude n'est qu'une voleuse comme eux, Herman ne s'occupe plus d'elle. Il reporte toute son attention sur Mme Grant.

— À nous deux ! s'exclame-t-il. Nous, vous ne nous tromperez pas ! Vous allez nous dire immédiatement où sont cachées vos émeraudes. Sinon, on vous enfermera dans votre cave où on vous laissera sans boire ni manger jusqu'à ce que vous cédiez.

Mme Grant jette subrepticement un coup d'œil à la pendule qui orne la cheminée. Elle doit tenir à tout prix jusqu'à l'arrivée des renforts annoncés par Claude. Pour cela un seul moyen : occuper les bandits assez longtemps à chercher le trésor pour permettre aux gendarmes et à Mick d'arriver.

Elle feint donc de s'incliner.

— Très bien, soupire-t-elle d'une voix découragée. Je me rends. Mais sachez que les émeraudes ne seront pas faciles à dénicher. Le coffret du grenier n'était qu'un faux indice, destiné à tromper les voleurs. En réalité, j'ai retiré les pierres de cette boîte pour les cacher à l'intérieur de la cheminée de ma chambre. Le plus mince de vous trois devra s'introduire dans le conduit de la cheminée et, avec un marteau, desceller une brique, la dix-neuvième en partant du sol et la quatrième sur la gauche. Vous trouverez

des outils au garage, dans le coffre de ma voiture.

Léon et Marcel se précipitent déjà vers la porte quand Herman les rappelle :

— Un instant ! Attachez aussi la gamine. Je ne tiens pas à ce qu'elle file avant que les pierres soient en notre possession et qu'on ait franchi la frontière. On la laissera ici avec Mme Grant. La police les délivrera plus tard, quand on sera à l'abri. Je me charge moi-même de téléphoner au commissariat, ha, ha, ha !

Il continue à rire en se frottant les mains tandis que Léon et Marcel ficellent Claude sur une chaise, face à Mme Grant. Puis les trois bandits sortent pour aller au garage chercher la trousse à outils... Dès que leurs pas ont faibli, Mme Grant s'empresse de demander à Claude :

— Les émeraudes ? Qu'en as-tu fait ?

— Ne craignez rien. Elles sont en lieu sûr.

— J'espère que les recherches vont occuper ces bandits jusqu'à l'arrivée des gendarmes...

— Pourvu que d'ici là ils ne s'aperçoivent pas que vous leur avez joué un tour ! Mais chut ! Les voilà !

Les hommes, pourtant, n'entrent pas dans la pièce où se trouvent leurs prisonnières. Ils ont hâte de s'attaquer à la cheminée au trésor !

Mme Grant et Claude, immobiles, écoutent le

trio porter des coups violents à la cheminée, au-dessus de leur tête. Mme Grant sourit.

— Les briques sont solides, explique-t-elle. Et le bruit que fait le marteau empêchera les malfaiteurs d'entendre venir les renforts. Oh ! Comme les minutes passent lentement !

Claude n'a pas le temps de répondre. Son oreille vient de surprendre un glissement du côté du jardin.

« Quelqu'un vient ! Si ça pouvait être Mick ! » pense-t-elle.

C'est Mick en effet ! Avec précaution, il a guidé les gendarmes le long de l'allée de *Ker-Armor*. François et Annie ont tenu à fermer la marche. Le brigadier trouve la porte ouverte et fait signe à ses hommes.

— Suivez-moi, murmure-t-il. Vous, les enfants, attendez à l'extérieur !

Les gendarmes entrent au rez-de-chaussée. Leurs yeux s'arrondissent en apercevant les prisonnières immobilisées sur leur chaise.

— Vite, dit Mme Grant. Vous nous libérerez plus tard. Occupez-vous d'abord des bandits. Vous les entendez ? Ils sont dans ma chambre, au premier.

Le brigadier est un homme d'action. Suivi des autres gendarmes, il se précipite, pistolet au poing, à l'étage au-dessus.

— Les mains en l'air ! crie-t-il.

En le voyant paraître, Herman et Léon se figent, stupéfaits. Les menottes claquent autour de leurs poignets. Ils sont pris... Quant à Marcel, les gendarmes le sortent, noir de suie et visiblement stupéfait, de la cheminée où il est engagé jusqu'à mi-corps.

Dehors, François, Mick et Annie n'ont pas la patience d'attendre le retour des gendarmes.

— Claude est dans la maison, j'en suis certain, explique Mick. Sinon, on l'aurait déjà vue. Courons à son secours !

Les garçons se ruent à l'intérieur de la villa, suivis d'Annie à qui l'inquiétude pour sa cousine fait oublier sa peur. Tout de suite, les enfants aperçoivent Claude et Mme Grant. François et Mick se dépêchent de les délivrer en coupant leurs liens avec leurs couteaux de poche.

— Je ne vous remercierai jamais assez ! murmure Mme Grant émue. Dire que je vous ai soupçonnés la première fois que vous êtes venus ici !

Annie regarde autour d'elle.

— Où est Dago ? demande-t-elle à Claude. Il ne t'a pas défendue ? Ou bien est-ce que ces bandits lui auraient fait du mal ?

Claude n'a pas le temps d'ouvrir la bouche.

Les gendarmes reviennent déjà, poussant devant eux Herman, Léon et Marcel menottés.

— Voilà nos voleurs pris la main dans le sac ! affirme le brigadier tout joyeux. Du bon travail, vraiment ! Vous pouvez remercier ces jeunes gens, madame. Tout le mérite de ce beau coup de filet leur revient !

Les bandits regardent Claude d'un air stupéfait. Ils s'étonnent de la voir libre et apparemment en bons termes avec Mme Grant. La jeune fille surprend leurs regards.

— Je ne suis pas une voleuse ! déclare-t-elle en riant. Je suis même tout le contraire. La preuve ! Avec mes cousins, j'ai réussi à vous faire arrêter !

Léon, qui ne décolère pas d'avoir échoué, s'écrie d'un ton venimeux :

— Mais les émeraudes ! Où sont-elles ?

— Elle ne peut pas les avoir ! lance Herman plein de dépit. On a fouillé partout.

— Oui, au fait ! dit le brigadier. Mademoiselle Dorsel, savez-vous où se trouvent les pierres précieuses de Mme Grant ?

Claude sourit avec malice et ne répond pas tout de suite. Mme Grant, François, Mick, Annie, les bandits et les gendarmes, tous la regardent et semblent suspendus à ses lèvres.

— En effet, articule-t-elle enfin, Herman a raison. Je n'ai pas les émeraudes de Mme Grant !

— Pourtant..., balbutie celle-ci, étonnée. Tu m'as dit...

— Elles ne sont même pas dans la maison, continue Claude.

La réaction est générale. Tout le monde se met à parler en même temps. Des questions sans réponse fusent dans l'air. Claude se met à rire et lève la main pour réclamer le silence. Puis, se tournant vers Mme Grant, elle continue :

— Je ne mens pas en affirmant que les émeraudes ne sont pas ici. Mais personne ne les a volées, et je vous garantis qu'elles sont en lieu sûr !

Si François, Mick et Annie sont intrigués, ils connaissent suffisamment leur cousine pour lui faire confiance. Ils attendent donc la suite en silence.

— Les émeraudes sont à Kernach, achève Claude avec assurance. Si Mme Grant veut bien nous y conduire en voiture, je lui rendrai son bien.

Un instant plus tard, c'est une étrange procession qui, dans la nuit, prend la direction de Kernach. Gendarmes et voleurs s'entassent dans le véhicule de police. Mme Grant, qui s'est habillée en vitesse, suit au volant de sa propre voiture. Elle ne pose aucune question aux enfants qui l'accompagnent. Elle fait confiance à Claude.

C'est devant la villa des Dorsel que les moteurs s'arrêtent. Le brigadier laisse les bandits à la garde de ses hommes et, lampe de poche en main, suit Claude qui guide ses compagnons... jusqu'à la niche de Dagobert !

— Dago ! appelle-t-elle. Dago !

Le chien sort de sa niche et, bondissant de joie, met ses pattes de devant sur les épaules de Claude. Alors, Mme Grant, François, Mick et Annie poussent un cri de stupéfaction. Le brigadier ouvre des yeux ronds. Autour du cou, Dagobert porte le plus somptueux collier d'émeraudes que l'on ait jamais vu !

— Vos pierres ! annonce Claude en les enlevant du col de Dago pour les remettre à leur propriétaire. Quand j'ai entendu les bandits monter au grenier, j'ai compris que je n'avais le temps de cacher le collier nulle part. Alors, je l'ai passé autour du cou de Dago à qui j'ai donné l'ordre de regagner *Les Mouettes* à toutes pattes : je lui ai dit « File à la niche ! ». Il m'obéit toujours, vous savez. Pour une fois, papa ne m'accusera pas d'avoir eu trop d'imagination, j'espère !

Par la suite, les félicitations et les louanges ne manquent pas aux Cinq. Mais ce soir-là ils n'ont plus qu'une envie : regagner leur île et profiter d'un repos bien mérité !

***Q**uel nouveau mystère le **C**lub des **C**inq devra-t-il résoudre ?*

Pour le savoir, regarde vite la page suivante !

Claude, Dagobert et les autres sont prêts à mener l'enquête

Dans le prochain tome de la série :

Les Cinq au cap des Tempêtes

Pilou, l'ami des Cinq, s'est fait offrir un animal de compagnie extraordinaire : un guépard ! Il est magnifique, doux et même affectueux. Alors quand, en pleine nuit, le félin est kidnappé, les vacances tournent au drame. Et Pilou n'a qu'une solution : faire appel aux Cinq !

Tourne la page pour découvrir un extrait de cette nouvelle aventure !

chapitre 1

Le cap des Tempêtes

— Mick ! Voilà le bout de corde que tu m'as demandé ! Attrape !... Mais pour fixer ton balluchon sur le porte-bagages, ce ne sera pas très décoratif... Annie ! Tu rêves, ou quoi ? Emporter une valise aussi grosse ! Il y a cent fois trop de choses là-dedans !... Oh, là, là, Dagobert ! Arrête de te mettre toujours dans mes jambes ! Pas moyen de finir tranquillement nos préparatifs.

— Arrête de rouspéter, Claude ! lance François en riant. Tu n'es pas contente partir ?

— Mais si ! Tu le sais bien.

Claude Dorsel serre les cordons d'un petit sac de marin qu'elle vient de remplir et sourit à son cousin :

— Si je bavarde tant, c'est parce que je déborde de joie. Tu te rends compte ? Quinze jours de vacances au cap des Tempêtes ! Ça fera une coupure très agréable dans notre été à Kernach. Je voudrais déjà être là-bas !

M. et Mme Dorsel, les parents de Claude, habitent la villa des *Mouettes*, à Kernach. Chaque année, pendant les vacances, ils reçoivent leurs trois neveux. François Gauthier, l'aîné, a douze ans. Mick, du même âge que Claude (onze ans), lui ressemble un peu avec sa tignasse brune coupée court. Annie, la benjamine, est âgée seulement de « neuf étés et demi », comme elle aime le dire.

Claude est fille unique. « Fils unique, plutôt ! » rectifient ses cousins qui aiment la taquiner pour son dynamisme et ses manières de garçon manqué.

Tous quatre s'entendent à merveille... Oui, avec Dagobert, le chien adoré et inséparable de Claude, le Club des Cinq est plus uni que jamais !

Pour l'instant, Claude, François, Mick et Annie s'activent autour de leurs vélos, bouclant sur les porte-bagages les affaires qu'ils prennent avec eux.

Les quatre cousins bouillent d'impatience à l'idée d'aller passer deux semaines à Saint-

Flavien, chez le professeur Lagarde, un ami de M. Dorsel et, comme lui, un savant de renom.

— Saint-Flavien n'est qu'à quelques kilomètres de Kernach, rappelle Mick. On y sera vite.

— *Le Grand Large*, la villa de Pilou, domine la mer et le cap des Tempêtes ! ajoute Claude. C'est un coin magnifique !

Pierre-Louis, dit Pilou, est le fils unique de M. Lagarde.

— Pauvre Pilou… soupire Annie. Sa mère est morte et il doit s'ennuyer, tout seul, pendant les vacances !

— Eh bien, on va le distraire ! réplique gaiement François. Il doit être ravi de notre visite !

— Alors ?... Vous êtes prêts ? demande Mick qui finit de fixer un balluchon à l'arrière de sa bicyclette.

— Fins prêts ! s'écrie Claude déjà en selle. Papa a eu une bonne idée en remplaçant nos vieux vélos par des neufs.

— Tu peux le dire ! s'exclame François en enfourchant le sien. Oncle Henri nous a fait un chouette cadeau ! Allez, au revoir, tante Cécile !

La petite troupe fait un dernier salut de la main à Mme Dorsel et s'élance sur le chemin de la falaise. Dagobert, comme d'habitude, court à côté de Claude. Il adore galoper !

— Je parie que Pilou va venir à notre rencontre ! dit Annie dont le vent fait voltiger la chevelure blonde.

— Bien sûr ! opine Claude. Il s'ennuie un peu tout seul ! Son père est tellement absorbé par ses inventions et ses calculs qu'il n'a pas le temps de s'occuper de lui...

— Je l'aime bien, moi, Pilou ! proclame Mick en se lançant à l'assaut d'une côte particulièrement raide. Et toi, Dag, je parie que tu seras content de retrouver Berlingot ?

— Ouaf ! fait Dagobert sans ralentir.

— Justement, voilà Pilou ! annonce Claude à pleine voix.

— Et là, sur son épaule... c'est Berlingot ! ajoute Annie toute joyeuse.

Un jeune garçon, au cou duquel s'agrippe un amusant petit singe du genre sapajou, arrive sur un vieux vélo qui fait un bruit infernal. Il s'arrête au niveau des enfants.

— Salut, les Cinq ! lance-t-il. C'est super d'être réunis, vous ne trouvez pas ?

Tous mettent pied à terre et lui disent bonjour avec entrain. Berlingot lui-même secoue gravement la patte de Dag. Puis les cinq compagnons repartent ensemble, filant droit sur Saint-Flavien.

Après un dernier tournant, le cap des Tempêtes apparaît. À quelque distance de la pointe se dresse un phare. Vu de loin, il a fière allure. En réalité, il est abandonné depuis longtemps. Les gens du coin le considèrent comme une ruine sans intérêt. Alors, Pilou en a profité pour l'annexer ! Souvent, il va dans « son phare » à bord d'un petit canot et y passe de merveilleux instants de solitude, à contempler les mouettes ou à lire des récits de marins...

— *Mon* domaine ! annonce-t-il pompeusement à ses amis en désignant le phare d'un geste large.

— C'est vrai que ce tuyau de pierre t'appartient plus ou moins ! ironise Mick. On dirait une cheminée. Je m'attends toujours à voir de la fumée en sortir !

— Ma « cheminée », comme tu dis, est un endroit génial pour s'amuser ! fait remarquer Pilou sans se fâcher.

— Tu as raison, reconnaît François. On y fera de bonnes parties. En attendant... Voici le *Grand Large* !

Les Cinq et Pilou viennent d'arriver à la villa des Lagarde. Pilou saute de sa bicyclette et annonce, l'œil brillant de malice :

— Je vous réserve une surprise, vous savez ! Dès la grille franchie, vous allez avoir un choc. Préparez-vous !

Le jeune garçon ouvre le portail et invite ses amis à le suivre. Ils obéissent, intrigués. Que peut bien être la surprise en question ?... Soudain, Annie pousse un cri d'effroi auquel fait écho un rugissement de bête sauvage.

Un guépard vient de bondir dans l'allée !

— N'ayez pas peur ! jette Pilou aux Cinq qui contemplent l'animal avec ahurissement. Attila n'est pas méchant ! Papa a un ami explorateur, c'est lui qui l'a ramené d'Afrique. Il nous l'a offert après l'avoir apprivoisé. C'est un parfait gardien pour la villa... Approche, Attila ! Viens vite !

Annie se serre craintivement contre son frère aîné. François, Mick et Claude regardent le félin d'un œil captivé. Le fauve ressemble à un chat gigantesque, au poil jaune clair tacheté de noir.

— On... on dirait un lion... un tigre... une panthère... bégaie la pauvre Annie en frissonnant.

— Rien d'autre qu'un guépard... ou, si tu préfères, un grand chien déguisé en chat ! explique Pilou. Attila ne ferait de mal à personne... sauf aux bandits qui voudraient s'introduire dans la propriété, bien sûr... Eh bien, Dag ! Qu'est-ce que tu en penses ? Donne-nous ton avis...

Dagobert, perplexe, considère le guépard avec méfiance. Mais, voyant Berlingot sauter sans crainte sur le dos du félin, il s'en rapproche un peu, à pas lents. De son côté, Attila s'avance... Il y a un moment d'attente angoissée.

Puis, d'un même mouvement, les deux animaux tendent le cou et se flairent. Dagobert émet un « Ouah ! » très amical... Et Attila commence à ronronner comme un gros matou. Berlingot paraît comprendre que l'entente est conclue car il se met à battre des mains et à sauter de joie.

Claude éclate de rire. Les autres l'imitent, détendus. Au bruit, Jeanne, la cuisinière des Lagarde, sort de la maison. C'est une petite femme, rondelette et active, qui veille sur Pilou comme une mère. Elle l'aime beaucoup et le jeune garçon le lui rend bien.

— Ah ! Vous voilà, mes enfants ! dit Jeanne. Entrez ! J'espère qu'Attila ne vous a pas effrayés ! Je me demande pourquoi on lui a donné un nom pareil ! Même sans muselière, il est plus doux qu'un chaton.

Annie n'est pas tout à fait de cet avis, mais elle se retient de le dire. Pilou escorte les Cinq jusqu'au bureau où travaille son père.

— Papa, nos invités viennent d'arriver.

— Quels invités ? Je n'ai invité personne !

répond le savant dont la distraction est devenue un sujet de plaisanterie entre les enfants.

— Mais si, papa ! Rappelle-toi... Claude Dorsel et ses cousins, tu sais bien...

— Bonjour, monsieur ! disent les enfants en chœur.

— Ah !... Bonjour, bonjour ! Mes amitiés à ton père, Claude ! Revenez me voir un de ces jours.

— Mais ils sont ici pour deux semaines, papa ! Ce n'est pas possible que tu aies oublié...

— Qui est ici pour deux semaines, Pilou ? Allez, pousse-toi de là ! Tu me caches la lumière du jour... Et qu'est-ce que c'est que ce chien ? Dis à Attila de n'en faire qu'une bouchée. Les chiens, ça n'est bon qu'à donner des puces !

— Mais c'est Dago, papa ! Le chien de Claude ! Tu le connais parfaitement !

— Tous des sacs à puces ! grommelle le savant dans sa barbe.

Et, oubliant les enfants, il se remet à lire ses dossiers... Pilou entraîne ses amis dans le couloir. Claude explose :

— Traiter mon Dag de sac à puces ! Quelle injure ! Ton père exagère, Pilou ! Je rentre aux *Mouettes* !

Il faut toute la patience de ses cousins et de Pilou pour calmer Claude. Enfin, elle accepte de rester chez les Lagarde. Dans le jardin, le guépard joue avec Berlingot sous l'œil attendri de Jeanne.

— Ici, tout le monde adore Attila, déclare Pilou d'un air fier. Jeanne... moi... Berlingot... Même papa se souvient qu'il existe, de temps en temps. C'est notre mascotte !

La journée s'organise joyeusement. Attila, Dagobert et le petit singe s'entendent à merveille, se roulent sur le gazon, se livrent à mille acrobaties, font la course. Annie, à présent, rit de tout son cœur.

Le soir venu, les enfants, un peu fatigués, montent se coucher de bonne heure. Claude et Annie doivent partager une chambre du premier étage. Pilou couche au second, dans une pièce voisine de celle attribuée à François et à Mick. Les trois garçons s'endorment très vite.

Au premier, les deux cousines bavardent un moment. Puis, vaincue par la fatigue, Annie ferme les yeux la première. Claude sourit.

— À notre tour, mon Dag… murmure-t-elle à son chien allongé au pied du lit. Je crois que je vais bien dormir !

Mais Claude se trompe...

Au beau milieu de la nuit, elle est réveillée par un bruit suspect... Dehors, dans le parc de la villa, quelqu'un se déplace avec précaution. Aussitôt, Claude pense :

« Ce doit être Attila ! Pilou nous a expliqué qu'il montait la garde comme un chien ! »

Mais, pour en avoir le cœur net, elle se lève et, dans l'obscurité, se dirige vers la fenêtre...

Tout d'abord, Claude ne distingue rien. Puis, à force d'écarquiller les yeux, il lui semble voir bouger une ombre... deux ombres même... Elle perçoit un glissement dans les feuillages, puis un bruit étrange, comme un gargouillement étouffé... Mais le vent se lève, faisant bruisser les feuilles des arbres du grand parc.

Claude a beau prêter l'oreille, elle n'entend rien de plus. Dans l'ombre, elle hausse les épaules.

— J'ai trop d'imagination, murmure-t-elle. Ma soif d'aventures me pousse toujours à me figurer des tas de choses qui n'existent pas... Si des bandits s'étaient introduits dans la villa, Attila aurait déjà donné l'alerte !

Là-dessus, elle se recouche, presque déçue. C'est vrai qu'elle adore le mystère et les énigmes policières, bref tout ce qui fait appel à son intelligence, à son habileté, à son besoin d'action.

Claude, garçon manqué et casse-cou, a souvent entraîné le Club des Cinq à résoudre des problèmes difficiles. Et elle a plusieurs réussites à son palmarès.

C'est le lendemain matin, au réveil, que Claude s'aperçoit qu'elle n'a pas rêvé. Quand elle descend avec Annie dans la salle à manger où sont réunis les trois garçons, elle trouve ceux-ci consternés et perplexes...

Attila a disparu !

Fin de l'extrait

Retrouve les premières aventures du Club des Cinq en Bibliothèque Rose !

1. Le Club des Cinq et le trésor de l'île

2. Le Club des Cinq et le passage secret

3. Le Club des Cinq contre-attaque

4. Le Club des Cinq en vacances

5. Le Club des Cinq en péril

6. Le Club des Cinq et le cirque de l'Étoile

7. Le Club des Cinq en randonnée

8. Le Club des Cinq pris au piège

9. Le Club des Cinq aux sports d'hiver

10. Le Club des Cinq va camper

11. Le Club des Cinq au bord de la mer

12. Le Club des Cinq et le château de Mauclerc

13. Le Club des Cinq joue et gagne

14. La locomotive du Club des Cinq

15. Enlèvement au Club des Cinq

16. Le Club des Cinq et la maison hantée

17. Le Club des Cinq et les papillons

18. Le Club des Cinq et le coffre aux merveilles

19. La boussole du Club des Cinq

20. Le Club des Cinq et le secret du vieux puits

21. Le Club des Cinq en embuscade

Table des matières

« Pour l'éditeur, le principe est d'utiliser des papiers composés de fibres naturelles, renouvelables, recyclables et fabriquées à partir de bois issus de forêts qui adoptent un système d'aménagement durable. En outre, l'éditeur attend de ses fournisseurs de papier qu'ils s'inscrivent dans une démarche de certification environnementale reconnue. »

Composition *JOUVE* - 45770 Saran
N° 590321M

Imprimé en Roumanie par G. Canale & C. S.A.
Dépôt légal : juin 2011
20.20.2398.4/01 - ISBN 978-2-01-202398-7

Loi n° 49-956 du 16 juillet 1949
sur les publications destinées à la jeunesse.